UN AMOR PERDIDO EN POSITANO

D. P. ROSANO

Traducido por
AINHOA MUÑOZ

"Positano es un lugar de ensueño que no es del todo real cuando estás allí y que se vuelve llamativamente real cuando te has marchado".
– John Steinbeck

RESEÑAS DE LAS PUBLICACIONES DE DICK ROSANO

The Secret of Altamura: Nazi Crimes, Italian Treasure: "Rosano vincula de forma ingeniosa pasado y presente. La posesión del diario y su información lleva la narración hacia subtemas de asesinato, venganza, lealtades familiares, culpa y religión". - *Ambassador Magazine*

Wine Heritage: The Story of Italian-American Vintners:"Arroja una luz desde hace mucho tiempo sobre un aspecto fascinante de la historia del vino de Estados Unidos". -*The Washington Post*

Tuscan Blood:"No es solo un misterio maravilloso, también es un viaje glorioso por la cultura, gastronomía y vinos de Italia. La descripción de los personajes de Rosano es tan lúcida que sientes que los conocerías si te adelantasen a bordo de un Fiat Strada en Florencia".

Cazando trufas:"Una combinación perfecta de misterio cautivador, tradiciones italianas y guía de gastronomía y viticultura italiana. El conocimiento de primera mano de Rosano sobre los alimentos, vinos y cultura brinda un poder tan auténtico a las descripciones que el olor acre de las trufas y el aroma terroso de un Barbaresco pueden saborearse en cada página". – *Ambassador Magazine*

Para Linda y Kristen

17 DE MAYO DE 2007

Algunas veces creo que todo lo que tengo de Gaia es un sueño.

Mi mente se halla flotando a medio camino entre el sueño y la vigilia, una sonrisa de júbilo persiste en mis labios y mis pestañas se mueven ligeramente mientras mi yo consciente empieza a emerger.

Entonces mis ojos se abren de repente, la sonrisa desaparece entre el dolor y un montón de cartas imaginarias revolotean ante mí.

Hace tres años me encontraba inmerso en una guerra que había agotado la mayor parte de mi energía, y al parecer, toda mi emoción. Estaba destinado en Afganistán, en la oficina del Departamento de Estado en Kabul, y pasé largas horas traduciendo grabaciones acortadas de conversaciones de pastún y persa, idiomas que había estudiado en la universidad pero que solo dominé una vez que mi vida y mi trabajo dependían de ello.

Desde archivos de audio rayados hasta fragmentos de notas manuscritas, mi trabajo combinaba la actividad monótona del arqueólogo desempolvando una piedra arcaica con el conocimiento seguro de que una palabra o matiz omitidos podrían provocar que alguien muriese. Sabía que pensar adecuadamente podría situar a un hombre buscado en el punto de mira de un avión no tripulado estadounidense, pero una mala conjetura podría aniquilar a una familia inocente.

Pasar largos días informando a mis jefes, quienes a su vez informaban a sus homólogos militares sobre las sutilezas de la cultura y la tradición de los lugareños, era agotador y estimulante a la vez. Sabía que se esperaba que yo tuviese las habilidades tanto de un lingüista como de un agregado cultural, que fuese consciente de las tradiciones civiles y gubernamentales de Afganistán y que tuviese cuidado de no ofender a los poderes militares indígenas. Fue un acto de equilibrio complicado como mínimo.

Pasar mes a mes preocupándome por los egos de otras personas (tanto estadounidenses como afganos) dejaba poco tiempo para preocuparme de mi propio ego. Necesitaba un descanso. Regresar a Estados Unidos todavía quedaba muy lejos, por lo que un rápido descanso y recuperación por Italia parecía ser la mejor manera de reequilibrar mi vida.

Tras dieciocho meses en el puesto no fue difícil obtener periodos cortos de descanso, así que me tomé una semana libre y me dirigí a Positano, en la costa Amalfitana italiana. Había escuchado y leído que este pequeño pueblo de pescadores se había convertido en un lugar de escapada para los amantes de Europa, así que parecía la receta médica perfecta para lo que me afligía.

Llené la mochila con ropa limpia y después tomé mi ordenador portátil y mi teléfono satelital. Levanté el ordenador, lo miré con resignación y lo volví a poner en el cajón del escritorio, contento de haber cortado el cable que me unía a este. No tuve tanto éxito con el teléfono satelital ya que sabía que no podía estar completamente desconectado del puesto de trabajo.

Un conductor que llevaba un camión polvoriento de la central me llevó al Aeropuerto Internacional Hamid Karzai, a las afueras de Kabul, donde me trasladé fuera del país en un vuelo militar. Otra parada y otro avión, y llegué a Roma en un vuelo comercial que aterrizaba en el Aeropuerto Leonardo da Vinci. Pensé a medias en pasar una noche allí, pero el ruido del ajetreo me recordó aquello de lo que estaba intentando escapar. En su lugar tomé un tren italiano a Sorrento, desde donde me trasladé una vez más, esta vez en un pequeño taxi sin aire acondicionado para viajar hasta Positano.

Cuando el coche abandonó Sorrento el paisaje se suavizó y la larga franja de asfalto que tenía por delante me brindó tiempo para relajarme y comenzar a restablecer mi mecanismo interno a una velocidad más lenta. No mucho más tarde, el taxista se adentró en una estrecha y sinuosa carretera que acariciaba la cima de la montaña que se elevaba a alturas invisibles a mi izquierda así como la montaña a mi derecha desembocaba en el mar enseguida. Aquello no era exactamente un territorio de cabras montesas pero a veces deseaba que el conductor redujese la velocidad y evitara que los neumáticos chirriaran cuando transitan por curvas mortales.

Estábamos en la Via Pasitea cuando, de repente, el coche se detuvo y el conductor salió disparado a buscar mi mochila al maletero. A mi izquierda había una larga fila de tiendas y cafés de una sola planta; a mi derecha, una pendiente hacia el mar Mediterráneo. No pude divisar mi hotel, así que le pregunté al conductor:

-*Dov'é la Casa Albertina?*

El conductor señaló una entrada estrecha entre dos de las tiendas y vi una serie de escaleras de piedra que bajaban y subían la cuesta.

Recuperé la mochila, me metí entre las tiendas y comencé la subida al hotel. Fue un poco difícil, pero cuando llegué arriba y miré por encima del hombro, la escena que tenía ante mí me impresionó. El mar Mediterráneo brillaba debajo y a lo largo de millas sin fin hasta el horizonte. El cielo azul y los tejados multicolores de los edificios a mi alrededor y debajo eran la prueba suficiente de que había elegido el lugar adecuado para mi descanso y recuperación.

Después de registrarme en el hotel con la recepcionista sonriente, me retiré a mi habitación. Lanzando la mochila sobre la cama y abriendo las cortinas, observé el paisaje que sería mío durante los próximos cinco días. Todas las habitaciones de Casa Albertina tenían un balcón privado con varias sillas y una mesa pequeña. Tiré de los picaportes de las enormes puertas con ventanas y salí a lo que parecía una fantasía mediterránea. El balcón daba a la playa, situada cientos de metros más abajo, y a la ciudad que rodeaba la cúpula verde y dorada de la iglesia local, Chiesa di Santa Maria Assunta.

Aquella fue una introducción impresionante a la vida en Positano y, por un momento, no podía creer que realmente estuviera allí. Fue incluso mucho más fascinante de lo que contaban las descripciones románticas del lugar. Me apoyé en el bajo muro de piedra que rodeaba mi balcón, queriendo memorizar el paisaje y hacerlo parte de todo mi ser, algo que podría llevar conmigo a Kabul.

La idea de la guerra, el trabajo del Departamento de Estado y la propia Kabul invadieron mis pensamientos por un momento. Luego volví a Positano confirmando mi plan de estar aquí y no allí, al menos durante este periodo breve.

Disfruté de una cena sencilla en la terraza del restaurante del hotel. Dada su cercanía al mar, mi primera comida tenía que ser algún tipo de pescado. Tras preguntarle al camarero qué era lo bueno ("Tutti", respondió, con un típico encogimiento de hombros italiano, "todo") me decidí por un plato de fideos finos y carne de cangrejo, una especialidad de la costa Amalfitana. Los exquisitos fideos estaban cubiertos con mantequilla ligeramente salada y la carne de cangrejo era escamosa y también estaba cubierta con una salsa de mantequilla. Aunque la ración parecía grande cuando llegó a mi mesa, me sorprendí al terminarla rápidamente.

Recostándome perezosamente en la silla, tomé un sorbo de la segunda copa de vino blanco que trajo el camarero. Normalmente prefería el vino tinto, pero el plato pedía algo más suave y fresco, por lo que la taberna Fiano di Avellino era la combinación perfecta. Durante un rato me relajé disfrutando de los momentos que se acercaban al atardecer. Con el aire puro y las fragancias dulcísimas de los limoneros que rodeaban el hotel, contemplé el sol mientras se ponía en el mar, dejando un resplandor amarillo anaranjado en el horizonte.

Un poco de vino, el aroma de la buganvilla... ¿cómo no relajarse en aquel momento?

Tomé un sorbo del vaso y dejé que el líquido frío se deslizara por mi garganta. Dejando el vaso sobre la mesa, levanté la vista y observé que, mientras la puesta de sol se apoderaba de mí, no había advertido la presencia de la joven que se apoyaba en la barandilla de piedra de la terraza, mirando al mar, de espaldas a mí.

El largo cabello castaño le caía sobre los hombros bronceados, visibles en el vestido verde, rosa y azul que llevaba. Exhaló un largo suspiro e inclinó la cabeza hacia atrás para observar el cielo que se oscurecía lentamente en la luz tenue. Se dio la vuelta, miró en mi dirección, y, por un breve segundo, sonrió un poco. Después cruzó tranquilamente las piedras a zancadas hasta una pequeña mesa en el extremo de la terraza.

Un camarero apareció detrás de ella llevando una bandeja con una copa de vino blanco, un cuenco de aceitunas y una cesta con pan. Pude escucharlos hablar italiano, aunque parecía no ser la lengua materna de la mujer.

"*Efcharistó*" salió de su boca, confirmando que no era italiana.

¿Pero qué idioma era ese?

Su atención estaba puesta sobre el vino y las aceitunas, pero la mía estaba puesta sobre ella. Su tez era suave y ligeramente bronceada, como los hombros tonificados que sostenían las delgadas tiras de su vestido. Su cabello castaño oscuro tenía un corte simple y liso, pero lucía largo y sus piernas esbeltas se estiraban bajo la mesa en una postura lánguida. Sus dedos largos y finos rodeaban la copa de vino mientras se la acercaba a la boca. No pude ver sus ojos desde mi posición, pero mi imaginación llenaba con avidez los detalles.

Me sentí como un voyeur mirando furtivamente en su dirección, pero estaba cautivado por ella y no pude resistirme. En un momento se agachó para colocar la hebilla de sus sandalias, inclinándose en mi dirección, y cuando se sentó de nuevo volvió a mirar hacia donde estaba yo. Esta vez, su sonrisa duró un segundo más, lo suficiente para provocarme un escalofrío agradable.

-Buon giorno-pronuncié en su dirección, todavía sin estar seguro de su nacionalidad o idioma.

-Hola-respondió en un ingles sencillo. ¿Sería norteamericana? Pensé en preguntarle si venía mucho por aquí, pero hice una mueca por mi propia falta de originalidad. Aún así, estaba desesperado por mantener la conversación y no tenía ni idea de qué decir después.

La joven hizo esto un poco más fácil al continuar mirando en mi dirección, lo que también me puso algo nervioso. Nunca fui partidario del camino fácil, y las escasas habilidades que tenía en este campo me abandonaron ahora.

-El cielo está precioso-dijo. Pero me ruboricé porque la estaba mirando a ella y no al cielo, y quizá ella trató de hacer que mirase a otra parte.

-Sí, es maravilloso-respondí. Vaya, mi falta de imaginación era pasmosa.

Sin lograr reunir suficiente seguridad por mi parte, ella volvió a poner su atención sobre el plato de aceitunas y el pan de su mesa, bebiendo de vez en cuando de la copa de vino.

-La gente dice que Positano es el lugar más romantico de Italia-espeté. Empezamos mal. ¿Qué hacía yo hablando de cosas románticas?

Ella soltó una risilla, pero se tapó la boca y parpadeó dos veces. Parecía estar dispuesta a perdonar mi paso en falso, aunque lo que yo verdaderamente necesitaba era un agujero donde esconderme.

-Algo he oído-respondió-aunque nunca he tenido la ocasion de comprobarlo.

Y ahí me di cuenta de que ella me estaba echando un cable.

-Mi nombre es Danny.

-Gaia-respondió ella. Ahora estaba seguro; es griega, pero su dominio del inglés indica que ¿también podría ser norteamericana?

Durante unos momentos parecía que la conversación se había detenido, y, una vez más, sentí el peso de restablecerla. Los segundos transcurrían como si fueran horas y tuve que aceptar el hecho de que no tenía nada interesante que decir, al menos no en la terraza.

Entonces decidí eliminar la distancia. La cercanía mejoraría el diálogo.

-Si estás sola, ¿me puedo unir?

Ella no pronunció palabra alguna, pero levantó su copa a modo de saludo antiguo y me devolvió la sonrisa. Eso fue suficiente.

Me levanté de la silla, avancé rápidamente hasta su mesa y me senté frente a ella. Ahora podía ver sus ojos, incluso a la luz tenue. Eran marrones, pero con una chispa de manchas verdes en ellos. El sutil tono de pintalabios rojo iluminó sus ojos y su piel, y suspiré agradecido a los dioses de Positano.

Aquello sucedió en 2004, eso y más cosas, y aquí estaba de nuevo, en Positano. Locamente enamorado aún de Gaia, preguntándome todavía qué había sido de ella.

MI DIARIO –14 DE JULIO DE 2004

Impulsado por mi hermana compré un diario para este viaje. Estoy de permiso como parte de una misión con el Departamento de Estado, trabajando en Afganistán para mejorar las relaciones con los dirigentes del pueblo. Mi hermana me había dicho que la etapa de la guerra me había endurecido (tenía razón), que debía ir a algún lugar bonito fuera de territorio hostil, tal vez en la costa italiana, y olvidar la guerra y Afganistán. Y que debería escribir mis pensamientos en un diario, que podría llevarlo de vuelta a mi casa bombardeada en territorio hostil y leer las anotaciones ("las veces que sea necesario", dijo), y el recuerdo de estos me aliviaría.

De modo que compré este diario. Solo tenía

escritos unos pocos párrafos antes de llegar a la terraza de Casa Albertina y conocer a Gaia.

Hablamos durante un rato largo, más allá del atardecer, y observamos cómo las estrellas se encendían en el cielo que nos envolvía. Era divertida en algunos momentos y seria en otros, aunque sus palabras e ideas eran de una profundidad impresionante. Me di cuenta varias veces de que estaba tan concentrado en ella cuando hablaba, que olvidé que el silencio significaba que debía hablar yo.

-Eres gracioso, ¿sabes?-dijo-Eso es justo lo que necesito.

"¿Eso por qué?" parecía un comentario muy serio. Me confesó ser estudiante, así que le pregunté.

-¿Qué estás estudiando?

-Historia.

-¿De verdad? Eso es genial. Yo estudié historia; ahora trabajo para el Departamento de Estado.

Gaia asintió de forma brusca. No fue que no le gustase mi respuesta, solo que parecía adentrarse en terreno peligroso. Mi primera espantada de la noche.

Sin embargo, esto no ralentizó nuestra conversación y pronto volvimos a hablar sobre viajes, lo que pensábamos de Italia ("Este país es increíblemente bello", dijo) e incluso sobre cuáles eran nuestros planes de futuro.

-Creo que terminaré mis estudios, obtendré mi licenciatura, tal vez estudie un máster-dijo-y seré profesora. Sí, creo que seré profesora.

Fue divertido, parecía que Gaia estaba decidiendo qué hacer con su vida mientras nos sentamos allí bajo las estrellas que cubrían el mar Mediterráneo. Observé que sus ojos brillaban mientras hablaba de sus planes y también vi cómo su rostro se ensombrecía ligeramente en otros momentos. Consideré los motivos y pensé bastante en las señales que enviaba y que precedieron a cada cambio de humor, pero luego lo dejé pasar. Parte de mi formación como traductor estaba relacionada con mi etapa anterior en la inteligencia militar, cuando aplicaba técnicas de perfil criminológico y psicología para sonsacar la verdad de aquellos a los que entrevistaba. Y pensé que ahora, con Gaia, quizá estaba permitiendo que mi antigua vida se entrometiera en la nueva.

Quería dejar esa vida al margen de Positano y lo hice de forma deliberada.

Tras un par de horas de conversación y de que el resplandor de la puesta de sol hubiera sido reemplazado por el brillo de las estrellas en el firmamento mediterráneo, se estaba haciendo tarde y temía que si Gaia se iba a dormir perdería la oportunidad de volver a verla.

-¿Estarás mucho tiempo en Positano?- pregunté.

-Cinco días.

Yo también estaría cinco días así que era perfecto. Me relajé pensando que si podía evitar arruinar por completo la noche tendría más tiempo para conocer a Gaia antes de que acabara la semana.

Continuamos compartiendo pensamientos sobre Italia y en ocasiones abriéndonos sobre nuestras vidas. Podría darle algo de información, como mi formación y mi carrera prematura en el Departamento de Estado. No podía revelarle demasiado sobre mi trabajo en Afganistán (dicho relato parecía silenciarla) y tampoco podía hablar mucho sobre mi etapa como perfilador criminal y especialista en interrogatorios para el ejército estadounidense. Las técnicas de psicología que utilicé entonces eran algo característico en la pequeña unidad de la que formaba parte, técnicas que dependían casi exclusivamente del reconocimiento de los tics faciales y los cambios en la temperatura de la piel para distinguir entre la verdad y la mentira. Lo que hicimos y lo que descubrimos en esas reuniones secretas con sospechosos nunca podría salir a la luz.

Justo antes de medianoche, Gaia levantó su mano para taparse la boca cuando un bostezo de cansancio se le escapaba.

-Creo que será mejor que duerma un poco-dijo.

-Si no tienes planes para mañana, ¿podríamos vernos?

-Claro-dijo rápidamente.

Entramos y bajamos por pasillos distintos de Casa Albertina hacia nuestras habitaciones. Así que aquí estoy, escribiendo anotaciones en este diario. No son los apuntes que pensé que estaría escribiendo, sobre la paz y la serenidad de la costa Amalfitana, pero aquí están.

Quizá este sea el lugar más bello de Italia.

17 DE MAYO DE 2007

- Signor d'Amato-me dijo el recepcionista cuando regresé de la terraza. No estaba de guardia cuando me registré esa tarde y sonrió de oreja a oreja cuando me reconoció.

-Es un gusto verle. ¿Cómo le ha ido?

Simplemente asentí sin dar una contestación.

Su sonrisa se desvaneció, pero solo durante una fracción de segundo, antes de volver a su expresión anterior con un poco de esfuerzo.

-Sí, Umberto, he vuelto-respondí. Fue una contestación melancólica.

-Ha pasado, ¿qué, un año?-continuó él.

-Sí.

La expresión de ceño fruncido regresó al rostro de Umberto.

-¿Sigue buscando?-preguntó.

Le devolví la mirada pero no contesté. Me enfrentaba a esta pregunta en mi cabeza a diario, pero cuando otra persona preguntaba lo mismo me resultaba difícil saber cómo responder.

Umberto se movió de forma nerviosa, cambiando el peso de un pie a otro mientras ambos pensábamos qué decir después.

-Hace calor hoy-sugirió sin mucho convencimiento-La playa es agradable. Creo que le gustaría pasar unas horas junto al mar-hablaba como un terapeuta que buscaba un remedio para mi alivio circunstancial.

Miré fijamente al suelo y después asentí lentamente moviendo un poco la barbilla en señal de aprobación a la propuesta de Umberto. Era cierto que podía disponer de algún tiempo libre quizá bajo los cálidos rayos de sol en la playa pedregosa de Positano. Siempre que pudiera dejar a un lado mis pensamientos y cerrar los ojos durante un instante.

Cuando me giré para marcharme pude ver que Umberto levantó la barbilla, suspiró levemente y me miró mientras abandonaba el vestíbulo.

MI DIARIO – 15 DE JULIO DE 2004

Amaneció temprano para mí, motivado por la emoción de volver a ver a Gaia.

Armándome de paciencia y arreglándome debidamente me duché, me afeité y me vestí con la mejor camisa que tenía en la mochila. Aún estaba un poco arrugada, así que me la quité y busqué una plancha en la habitación. Tras encontrar esta la enchufé, pero tuve que esperar diez odiosos minutos para que se calentara. Finalmente, utilicé con impaciencia la plancha tibia sobre la camisa y me las arreglé para eliminar las peores arrugas.

Tendrá que funcionar-me dije mientras sostenía la camisa con el brazo extendido.

Casa Albertina ofrece una excelente *prima*

colazione, la primera comida del día, y no se basa únicamente en la costumbre europea del café y los bollos. Había varios tipos de fiambre, montones de quesos, rollitos de primavera y pan de hierbas aromáticas, y café espresso y capuchino para los huéspedes.

Cuando llegué a la cafetería había una pareja de mediana edad degustando sus platos de comida sin hablar. Parecía que ya habían compartido muchas comidas, tanto en el hogar como fuera, durante años de matrimonio. Su amistad serena dejaba claro que no era que estuviesen cansados de la compañia del otro; probablemente ya se lo habían dicho casi todo.

En frente vi a dos mujeres jóvenes, probablemente de origen británico dada su conversación enfatizada, hablando entre cuchicheos alegres sobre los lugares que tenían intención de visitar ese día. Una de ellas estaba dispuesta a ir directamente a Pompeya; a la otra le preocupaba que la visita por la ciudad antigua absorbiera todo su tiempo y no pudiera caminar por los senderos que están sobre Positano y Amalfi. Sin un final claro para dicho debate fijé mi atención en el resto de la cafetería.

Una mujer de cuarenta y tantos años cuya ropa parecía ser claramente estadounidense se sentó con su hija pequeña y con su hijo aún más pequeño. Comieron casi todo el tiempo en silencio, aunque el niño estaba más dispuesto a jugar con su panecillo que a comérselo, y su madre estaba más dispuesta a darle lecciones de comportamiento apropiado que a tomar su propio desayuno.

Elegí lo que iba a tomar, me senté en una mesa cerca de la terraza exterior y miré hacia la puerta para no perderme la entrada de nadie (bueno, de alguien en especial).

Llevaba dos cafés espresso encima en el momento en que Gaia entró. Llevaba puesto un top blanco transparente atado al cuello y unos pantalones azul claro. Las sandalias de tiras color amarillo brillante acentuaban su bronceado.

Se detuvo en la puerta, expectante, oteó la sala y sonrió en mi dirección cuando me vio. Sentí como si aquello fuese una especie de premio no ganado aunque estaba agradecido por ello. La observé mientras caminaba hasta mi posición, asimilando su sonrisa, su forma de caminar y la esperanza de pasar un rato junto a ella.

Acomodándose en la silla que estaba frente a mí y mirando al mar, Gaia sonrió de nuevo, esta vez de oreja a oreja. Apoyó la barbilla en su mano derecha, y dijo: "Entonces, ¿qué deberíamos hacer hoy?"

No pude ocultar la sonrisa que ocupaba todo

mi rostro y después me sonrojé cuando advertí la evidencia. Pero estaba listo para pasar cualquier instante con Gaia, minutos u horas, aunque la idea de un día entero aún no entraba en mi imaginación.

-Bueno, veamos-tartamudeé intentando recordar alguna actividad especial que probablemente rondaba por las páginas de la guía que tenía sin leer sobre la mesita de noche. Tenía la esperanza de encontrar rápidamente una excursion fascinante y única para evadirnos, pero mi mente se quedó en blanco.

-¿Por qué no empezamos por la playa?-dijo-Todavía es pronto y las famosas piedras negras de Positano aún no estarán calientes-se inclinó hacia adelante y sonrió-Y podemos simplemente deleitarnos con la belleza de la costa Amalfitana.

Su sonrisa tuvo el mismo efecto que el cálido sol sobre mi rostro. Las motitas verdes de sus ojos brillaban, y extendió su mano sobre la mesa para tocar la mía.

-Suena genial-respondí. La emoción de todo aquello aún me tenía en ascuas.

-Está bien entonces-dijo Gaia rápidamente y se puso en modo planificación-Déjame tomar un desayuno y café y después iremos.

Se levantó de la silla con una agilidad que provenía de su energía interior. Sus pasos eran enérgicos y tarareaba una melodía desconocida mientras recogía su comida del bufet del comedor.

Gaia regresó a la mesa con un plato lleno, más que el mío. Acomodándose y extendiendo su servilleta en el regazo, me miró, después miró mi plato, se tapó la boca con la mano y comenzó a reír.

-¡Uy! No sabía que estaba comiendo por dos-rió.

Sonreí pero lo dejé pasar. Prefería un desayuno ligero, normalmente solo pan y café; obviamente ella aprovechó la primera comida del día para ponerse en marcha.

Hablamos sobre su forma de masticar la comida y compartimos risas sobre la playa, los norteamericanos en Italia y las diferencias culturales entre ambos países.

-¿Qué parte de la historia te interesa más?-pregunté.

-Europa en la Edad Media-dijo-Estoy centrada en los avances históricos que impulsaron cambios en las instituciones gubernamentales. Me preocupa sobre todo la evolución de los sistemas de gobierno en ese periodo.

Reflexioné sobre esto durante un momento, para después decir: "Evolución de los sistemas. Cuéntame más".

-Trabajas para el Estado. Seguro que sabes más de esto que yo.

Solamente los norteamericanos llamaban al Departamento de Estado de EE. UU. "Estado"; ella seguramente era estadounidense o había estado un tiempo en Estados Unidos, pero dejé las preguntas sobre el tema para otro momento.

No había tenido en cuenta su edad, o la diferencia de edad, hasta ese momento. Como estudiante (no me había dicho si era estudiante de pregrado o posgrado), Gaia probablemente tenía poco más de veinte años; yo tengo treinta. No hay tanta diferencia; además, no tenía intención de resaltar esto.

Sin embargo, ella tenía razón respecto a mi trabajo. Mis responsabilidades en el Departamento de Estado exigían un profundo conocimiento de los acontecimientos históricos y mi campo concreto de investigación (la política de Oriente Medio) me llevó a centrarme en los sistemas de gobierno y el cambio social desde la Segunda Guerra Mundial, incluida la división forzosa del territorio.

-Bueno, desconozco lo que tú sabes-dije-Mi trabajo exige dedicar mucho tiempo a la política de Oriente Medio y a los sistemas de gobierno. Y yo soy el traductor principal de la central-no hablé sobre lo que me dedicaba a traducir ni de mis responsabilidades en los interrogatorios.

Gaia me miró sin expresión alguna, se llevó un trozo de jamón a la boca y lo mordió mientras me miraba a los ojos. En un principio no dijo nada.

-Oriente Medio-dijo sin entonación alguna-Mmm...

Transcurrió un instante y ella parecía absolutamente desinteresada. ¿O verdaderamente estaba interesada? Tuve que recordarme una vez más que dejara de intentar analizar las cosas desde mi perspectiva.

-Por evolucion de los sistemas de gobierno-dije para reiniciar la conversación-¿te refieres a cambios internos o a influencias externas?

-Construcción de nación-dijo entre bocado y bocado.

Demostraba una seguridad tranquila en su formación y conocimientos, tanta que le fue fácil ir al grano. La "evolución de los sistemas de gobierno" era un dogma conveniente; pero la evolución en terminos históricos rara vez se lograba mediante el cambio pasivo. Con más frecuencia consistía en una mera etiqueta conveniente para la construcción de nación.

-La mayoría de los occidentales creen que el periodo colonial se extendió hasta el siglo XIX y de ahí se pasó a la construcción de nación en el siglo XX, a medida que las potencias coloniales como Inglaterra, España, incluso Estados Unidos perdieron muchas de sus colonias. Pero la construcción de nación también destacó en la época medieval porque...

En este punto se detuvo y movió un poco la cabeza. Con una sonrisa, volvió a empezar.

-Me estoy yendo por las ramas, ¿no? Bien, es que lo que nosotros estamos haciendo en Oriente Medio, llámalo construcción de nación si quieres, solo es una repetición de siglos de cambios de poder en todo el mundo.

Ese "nosotros" la delató como auténtica norteamericana pese a que otra sangre corriera por sus venas.

-Pero creía que tu enfoque se situaba en Europa durante la Edad Media-dije.

Gaia simplemente sonrió mientras masticaba un trocito de pan rústico y me miró con alegría.

Dejé que terminara su desayuno mientras la observaba en silencio.

17 DE MAYO DE 2007

Pasé unas horas en la playa tal como Umberto me había aconsejado. El suave calor del sol le sentó bien a mi piel, pero imaginaba sus rayos sobre la piel bronceada de mi amante, Gaia. Y a ella también la imaginaba junto a mí. Debía confiar en mi memoria e imaginación para lograr aquello, lo cual me causaba sufrimiento.

Con el paso de las horas, cansado de la soledad de la playa, subí las escaleras hasta Casa Albertina y entré en mi habitación. Las finas cortinas se abrieron y una suave brisa pasó junto a estas y penetró vagamente en la habitación.

Me senté al borde de la cama y miré fijamente al suelo. Tras unos instantes me levanté y deambulé alrededor de la cama, haciendo círculos circunscritos en el diseño de la alfombra. Aunque aquella era "mi" habitación, realmente la compartía con otros que la habían ocupado en el pasado; fantasmas de otros recuerdos, una presencia extraña confirmada por los diarios de huéspedes anteriores, los cuales se apilaban cuidadosamente en la estantería junto al escritorio.

No era el único que había atrapado pequeños momentos de su vida garabateando palabras en una página en blanco. Pierre, del norte de Francia, dejó sus reflexiones en las páginas de un diario, y Rita, de Chicago, llenó las páginas de otro.

Había leído muchas veces sus textos, sintiéndome como una especie de mirón pero consciente de que dejaron sus diarios en la habitación, por lo que debieron haber querido que otras personas los leyeran. Yo no fui tan valiente. Aunque conservaba el diario que mi hermana me sugirió comprar, lo tenía a mano, metiéndolo en el equipaje junto a mis cosas y llevándolo conmigo cuando me marché de Positano.

También sabía que Casa Albertina tenía su papel en este juego de escribir diarios. El dueño del hotel sabía que un libro de visitas abierto por la fecha actual, lleno de comentarios crípticos escritos a toda prisa cuando el huésped se apresuraba a salir por la puerta, solo era algo divertido para los demás. De modo que animaba a sus huéspedes a llenar las páginas de sus propios diarios (este daba folios blancos a cualquiera que lo pidiese) y a dejar los libros allí para una estancia posterior.

El dueño del hotel, Piero, se preocupaba de tener un surtido de estos libros en blanco en una serie de portadas y tamaños coloridos. De esta forma todo el mundo sentía que reunía pensamientos individuales en un diario individual. Y las maravillosas portadas y los diseños de las páginas hacían que los libros fuesen más atractivos para los huéspedes eventuales de las habitaciones de Casa Albertina. También fue fácil comprobar cómo los diarios, una vez que habían sido dejados allí, podrían hacer de imanes para atraer a los visitantes a futuras estancias, a visitar Positano de nuevo y a sumar más palabras a las páginas de sus propios diarios.

Me dirigí hacia el pequeño estante que estaba colocado sobre el aparador enfrente de la cama y tomé un libro con un motivo floral en su portada. Tenía unas cien páginas y mientras las hojeaba pude ver que estaba medio lleno. La letra era homogénea, como si una sola persona hubiese reproducido la narración de dicho libro.

En el interior de la portada había dos nombres escritos: Mike y Katherine, y debajo, en una anotación agregada claramente mucho tiempo después de la primera, aparecía otro nombre: Serena.

Hojeé las páginas del libro, noté que los trazos finos y apretados de un bolígrafo llenaban las primeras veinte páginas y después di paso a la tinta de rotulador, más suave, para el resto del libro. El primer grupo de páginas era de 1988 y las demás comenzaban en el año 2003. Había una interrupción en la escritura, pero por la caligrafía pude apreciar que el autor era el mismo.

DIARIO DE MIKE-17 DE SEPTIEMBRE DE 1988

No puedo creer la belleza indescriptible de este lugar. No solo Casa Albertina sino el propio Positano y la grandeza del mar y el cielo que se alza ante nosotros. Katherine y yo acabamos de casarnos y decidimos pasar nuestra luna de miel en Italia. Sin embargo, agotados tras visitar de forma breve Roma, Florencia y Venecia, llegamos a Positano e inmediatamente hicimos un cambio de planes. Vamos a pasar el resto de los días que nos quedan aquí, en Casa Albertina. Durmiendo hasta que sea tarde, comiendo mucho y amándonos más. Solo desearía que no tuviésemos que irnos nunca.

Leí la anotación de Mike con una pequeña sonrisa. Olvidando mi propia situación y mi deseo intenso, me refugié en su alegría. De este modo hojeé el diario para ver cuántas páginas podrían estar comprometiéndome. Él solo había estado en Positano dos veces y dejó muchas páginas de recuerdos escritas en el diario.

Las primeras anotaciones versaban sobre su boda con Katherine y atrapaban los recuerdos agradables de una luna de miel entre dos personas muy enamoradas. Casa Albertina aparecía de forma destacada en sus recuerdos; sin embargo, su historia contaba el relato principal de sus aventuras en Positano.

Desde el primer día nos dimos cuenta de que Positano es más vertical que horizontal. Hay una playa, sí, pero para llegar a ella hay que bajar varios cientos de escaleras o caminar por un sendero serpenteante que oscila de un lado a otro hasta llegar al nivel del mar. El descenso estuvo lleno de aventuras y risas, pero regresar al hotel fue un auténtico reto.

Mike describía el calor apacible del sol en una mañana de septiembre en la que Katherine y él estaban en la playa tumbados sobre las toallas. La costa de Positano estaba formada por más rocas negras que arena, por lo que las toallas eran necesarias para proteger el cuerpo del calor absorbido por las piedras y también para brindar un lugar de descanso a los cuerpos expuestos en traje de baño.

Disfrutamos del lujo del sol y la brisa durante toda la mañana, regresando al hotel solo para una comida ligera al mediodía. Tras ducharnos y cambiarnos de ropa nos embarcamos en una excursión a pie (más bien una ruta de escalada), por los senderos accidentados que conducían hasta la playa de Positano. El mar Mediterráneo se extendía bajo nuestros pies en lo que parecían millas y el brillo del sol en el agua era mágico.

Dejé el libro sobre mi regazo durante un instante, recordando momentos como este con Gaia, sumándole el estar tumbado en la playa y subir por los senderos de la ciudad. El recuerdo de Mike no era más atractivo que el mío, de hecho, casi repitió las cosas que yo había escrito en mi propio diario.

Este será nuestro lugar a recordar. Roma era tentadora, y Venecia y Florencia eran preciosas, pero ese triángulo italiano embauca a todos los turistas que olvidan, o nunca conocieron, el aroma de los limoneros, el brillo del océano azul o el centelleo de las estrellas del cielo en un lugar tan bello como Positano.

MI DIARIO-15 DE JULIO DE 2004

-Entonces, ¿cuál es el plan?-preguntó Gaia.

Tras haberse terminado el montón de comida de su plato de desayuno estaba lista para la acción. Empapaba cada una de sus palabras con la vaga sensación de que las actividades del día equivaldrían a un viaje que te marca la vida.

-Bien, como tú has dicho, deberíamos empezar por la playa. Es pronto y por lo tanto aún no estará abarrotada-respondí-¿Trajiste bañador?

Gaia movió la cabeza y una gran sonrisa apareció en su rostro.

-Estamos en la costa Amalfitana, en Positano-dijo y comenzó a cantar-¡El lugar más romántico de Italia!-además me guiñó un ojo y sentí que mi cuello y mis mejillas enrojecían-¿Por qué no traería un bañador?

Otra vez esa sonrisa radiante.

Levantándose de su silla pero sin marcharse aún, Gaia rodeó la mesa y me besó en la mejilla. Apretaba mi mano de vez en cuando y después la soltaba. Me levanté de la silla y nos dirigimos al pasillo, marchándonos cada uno a nuestras respectivas habitaciones como anoche.

Antes de desaparecer por la esquina del pasillo me arriesgué a mirar de nuevo. Gaia se alejaba despreocupada, pero giró la barbilla ligeramente a la derecha. Sin hacer contacto visual anticipó mi mirada y me devolvió una respuesta sutil.

17 DE MAYO DE 2007

Tras haber leído algunas páginas del diario de Mike estaba angustiado. Era una emoción difícil de describir, ya que no había sucedido nada en los instantes anteriores y no había nada en la historia de Mike que me despertara ese sentimiento. Pero lo había percibido con anterioridad, la mayoría de las veces cuando estaba solo en Positano. Los recuerdos de Gaia me inundaban y su ausencia provocaba dolor en mi alma.

Me levanté desde el borde de la cama y moví la cabeza para aclarar mis ideas. Estando aún de pie en mitad de la habitación, pensé otra vez en Mike y Katherine, y en cómo habían compartido su amor y felicidad en el mismo lugar donde ahora yo cargaba con mi dolor y mi pérdida. Tragué saliva al darme cuenta y casi lloré cuando pensé en los distintos porvenires que el destino nos había deparado. No conocía a Katherine salvo por los apuntes del diario de Mike, aunque fantaseaba con conocerla a ella en lugar de a Gaia. Al principio la idea fue tranquilizadora, hasta que me di cuenta de que nunca había conocido a nadie como Gaia y que nunca querría volver a conocer a nadie más que a Gaia.

Salí al vestíbulo de Casa Albertina una vez más y Piero, el dueño del hotel, se encontraba allí charlando con un huésped. Sus expresivos gestos con las manos y su risa natural me arrancaron una sonrisa; recordé tener la misma impresión de él en mi primera visita al hotel tres años antes. Este miró en mi dirección sin interrumpir la historia que le estaba contando a una pareja, asintió hacia mí, puso su mano sobre el brazo del hombre y terminó su relato mientras le deseaba un buen día y se giraba hacia mí.

-Danny, ¿cómo estás? He oído que regresaste-saludó dándome la mano.

Piero me miró durante un instante y yo le devolví la mirada. Pensando qué decir para romper el hielo, respondí: "Siempre es agradable volver a Casa Albertina. Sigue siendo el hotel más bonito de la costa Amalfitana".

Piero me dio una sonrisa renuente como respuesta, se encogió de hombros y después cambió el rumbo de la conversación.

-Tengo algo para ti.

Retirándose a la recepción, regresó después con una caja mediana, cerrada con una cinta y con únicamente mi nombre escrito en negrita con los trazos de un rotulador Sharpie. Piero vino hacia mí con la caja y esperó a que yo la tomara.

Miré la caja y después volví a mirar a Piero de forma inquisitiva. Este sacudió la caja suavemente y volvió a extendérmela.

-Ella la dejó aquí para ti. Gaia. Hace unos tres meses.

Sentí una mezcla de emociones que iban de la confusión al miedo, y una ola de terror me invadió. ¿Cómo podía ser que Gaia estuviese aquí hace solo tres meses y yo no lo supiera? ¿Se estaba escondiendo de mí? ¿Y por qué Piero no se comunicó conmigo cuando ella estaba aquí?

Tomé la caja reaciamente. Era ligera, pero al moverla pude saber que contenía más de una cosa.

-Dijo que esto lo explicaría todo-continuó Piero, como si esperase mi pregunta sobre por qué no me había llamado-No quiso que te llamara. Dijo que todo iría bien.

Una vez más, miré las letras de la caja, y sin

decirle nada a Piero, me di la vuelta y regresé a mi habitación.

Me senté en el borde de la cama, y, con cuidado, puse la caja sobre la colcha que estaba a mi lado. El diario de Mike aún seguía abierto en un rincón sobre la almohada; sin embargo, mi mente ahora estaba puesta en la caja que Gaia me dejó. Estiré la mano y cerré el diario de Mike; después puse los ojos sobre aquella simple caja marrón.

Saber que Gaia había estado aquí, en Casa Albertina, me despertó la misma mezcla de sentimientos que en el vestíbulo. Mis ojos estaban muy secos para llorar, aunque mi corazón se aceleró un poco cuando estiré la mano y tiré del extremo de la cinta que unía las aristas de la caja. Estaba seguro de que aquello era un viaje al pasado; pero también me preguntaba si no era un viaje al presente y al futuro, una idea repentina que me provocó un escalofrío de arriba abajo y me llevó a entrar en acción.

Desde el momento en que Piero me brindó aquella caja tuve pensamientos de fatalidad y pérdida. Pero cuando supe que Gaia había regresado al hotel, a Positano, comencé a preguntarme si esto era una señal de que me estaba buscando. Pese a que existían otras formas más normales para encontrarme (mi mente regresó al laberinto burocrático de directorios del Departamento de Estado), quizá Gaia me estaba enviando una señal de la única forma que se pueden comunicar los amantes.

Alimentando mi esperanza y mis muchos temores, levanté la tapa de la caja y la abrí lentamente. Dentro había un pequeño libro; la ausencia de un título en su portada reveló al instante que se trataba de una especie de diario. En el interior de la caja también había un montón de cartas atadas con una cuerda, las cuales llevaban sellos pero no matasellos, una flor seca de un limonero y una copa manchada de vino.

Observé el contenido de la caja durante un rato largo, intentando decidir qué objeto revisar primero y de qué manera me afectaría saber lo que era. La flor y la copa de vino parecían ser los más inocentes (y probablemente me causarían un menor trauma), de modo que los saqué de la caja.

La flor seguramente había perdido su fragancia evocadora, pero al acercarla a la nariz, mi imaginación me permitió respirar el olor de un limonero. Después me la retiré y la observé detenidamente. No sabía cuánto tiempo de vida tenía esa flor. El simple hecho de que no hubiese visto a Gaia en casi tres años no significaba que dicha flor fuese tan vieja. Quizá ella la había tomado en su visita más reciente mientras reunía recuerdos para esta cápsula del tiempo.

Puse la flor suavemente sobre la colcha y después levanté la copa a la altura de los ojos. Esta contenía una mancha seca del vino tinto que una vez albergó. No olía a vino, pero giré la copa entre mis dedos como si aún tuviese líquido dentro.

Prefería el vino tinto aunque sabía que a Gaia le gustaba más el vino blanco. Me pregunté si aquello era una pista o una señal de algo más. Examiné de cerca el borde de la copa, pero no conseguí detectar ningún rastro de carmín.

Aunque siempre fue discreta con el maquillaje, a Gaia le gustaba usar brillo de labios para iluminar los suyos. Dicho elemento se hubiese pegado en la copa, pero no encontré nada en mi inspección.

Volví a observar la mancha roja del recipiente y saqué la conclusión de que aquella copa era una que yo había usado. Tal vez un último trago de vino compartido en su habitación durante nuestra última noche en Positano. Una copa que había dejado allí cuando me desperté a la mañana siguiente y regresé a mi habitación para darme una ducha y vestirme para afrontar el día. Pero Gaia la había guardado y la puso entre sus recuerdos del tiempo que pasamos juntos.

Dejé de examinar el contenido de la caja, aturdido por el misterio absoluto de todo aquello. Averiguar el origen y el momento de la entrega del paquete parecía la mejor manera de comenzar con esto, de modo que salí de la habitación en busca de Piero. Al encontrarle en la recepción me acerqué rápidamente y sin andarme con rodeos le interrogué.

-Dijiste que Gaia dejó aquí esta caja hace solo tres meses.

-Sí, Danny. Ella me entregó la caja personalmente cuando estuvo aquí hace poco.

-¿Y la caja ya estaba llena y cerrada con un lazo?-pregunté.

-Sí.

-¿Aquella vez se alojó en Casa Albertina?

-No, Danny. Gaia dijo que estaba de paso pero que quería dejarte esta caja.

-Entonces, ¿ella apareció aquí después de todo este tiempo, Piero?-El tono de mi voz se elevó y estaba muy seguro de que reflejaba las dudas que tenía mi corazón.

-No-respondió, y mirando sus manos, continuó-Gaia estuvo aquí antes, tres, quizá cuatro

veces desde que os conocisteis en el 2004. Ella...
ella...-pero Piero no tenía nada más que decir.

Me quedé más triste y confuso con esta noticia. Gaia había regresado a Casa Albertina varias
veces, y, guiado por la versión de Piero de todo
aquello, llegué a la conclusión de que ella me estaba buscando. ¿Por qué no me llamó o se acercó
si de verdad quería encontrarme?

Yo había regresado varias veces, siempre buscándola, pero hasta ese instante no me di cuenta
de que ella también lo había hecho. Durante
nuestra última noche juntos, aún pensaba que
nos quedaba un día más antes de marcharnos.
Sería entonces cuando conseguiría su dirección y
más información indispensable. Había encontrado al amor de mi vida y aunque sabía que los
días que pasamos juntos en Positano confor-
maron un periodo maravilloso no tenía intención
de dejarla escapar.

Piero hizo una pausa, tragó saliva y añadió:
"Ella te estaba buscando".

Estaba confuso y dolido. Sabía que Gaia
podía encontrarme si quisiera. ¿Por qué no me
había buscado en el directorio del Departamento
de Estado? Si Gaia quisiera encontrarme allí, podría haberlo hecho.

Piero pareció leerme la mente. Sin ninguna

duda yo debía tener un letrero de neón sobre mi cabeza.

Eso fue todo lo que me dijo, aunque lo comprendí; Gaia no me buscaba en el registro del Departamento de Estado. Me buscaba en los instantes que compartimos aquí.

MI DIARIO - 15 DE JULIO DE 2004

Me cambié más rápido que Gaia y me dirigí al vestíbulo de Casa Albertina para esperarla. Mi bañador tipo boxer (el favorito de los norteamericanos) estaba un poco fuera de lugar en una cultura playera donde los hombres solían usar versiones del atuendo más cortas, pero eso era lo que tenía. Además no pensé que pudiera llevar el look del speedo con la seguridad de los hombres europeos.

Con una camiseta ligera y temática de Jimmy Buffet y una toalla sobre el hombro estaba listo para ver a Gaia. Estuve de pie durante un rato. El reloj probablemente se movía más deprisa de lo que mi imaginación me decía. Tras un momento me di cuenta de que mi postura inmóvil delataba mi nerviosismo. Intenté relajarme y parecer más despreocupado, pero el esfuerzo solo duró uno o dos minutos.

Entonces, ¿dónde estaba ella?

Un instante después entró al vestíbulo y supe que la espera valió la pena. Su piel bronceada y su cuerpo tonificado habrían bastado, pero la camiseta de encaje que llevaba puesta apenas podía disimular el bikini color verde neón que había debajo. Sonriente como siempre, se acercó y me volvió a besar, esta vez más cerca de la boca, y me tomó de la mano para comenzar la caminata hacia la playa.

-¿Sería grosero si te digo que estás impresionante?-pregunté.

Lanzándome una sonrisa cómplice, respondió: "Sería grosero no hacerlo".

Una vez en la playa, extendimos nuestras toallas una junto a la otra y nos pusimos cómodos en la playa rocosa. Gaia cerró rápidamente los ojos y adoptó la postura de alguien que intentaba perfeccionar su bronceado. Traté de imitar su serenidad, pero a menudo robaba miradas de reojo para verla.

Una de las veces que hice esto, sonrió, y supe que ella era consciente de la atención que le prestaba. Y así pasó el tiempo.

-¿Por qué la democracia es tan criticada?

Apenas estaba despierto pero sus palabras me desvelaron. Gaia estaba sentada junto a mí, recostada sobre sus manos, con las piernas vagamente estiradas hacia delante. Su pregunta pareció surgir de la nada, aunque después me pregunté si habría mantenido una conversación conmigo, la cual yo solo habría continuado vagamente mientras flotaba en algún punto del crepúsculo entre el sueño y la vigilia.

-Bueno-comencé a hablar, moviéndome hasta sentarme a su lado. Buscaba tiempo para despejar mi cabeza de la niebla del sueño.

-La democracia es la peor forma de gobierno, salvo todas las demás-respondí, confiando en una frase conocida para darme tiempo a despertar.

-Winston Churchill-dijo rápidamente-Pero si la gente tiene el deseo y el poder de elegir su propio gobierno, ¿qué hay de malo?

Tuve cuidado de no dar por hecho que ella no tuviera la respuesta a eso.

-El deseo y el poder son derechos que la naturaleza nos concedió-contesté.

-Sí-ella captó la idea-pero en estos momentos escuchamos declaraciones en todo el mundo, especialmente en los países del norte de África y

Oriente Medio, que afirman que la democracia es insípida e inflexible. Y lo más importante, escuchamos no solo a los dictadores sino también a su pueblo decir que la democracia oculta la corrupción, que es una forma de ejercer los mismos derechos y el mismo trato mientas el poder verdadero lo acumulan unos pocos privilegiados.

Muy bien, me di cuenta de que Gaia había pensado a fondo en aquello. No tenía que estar de acuerdo con todo lo que ella decía (o en desacuerdo) para saber que esta mujer tenía una visión profunda de la geopolítica del momento.

-¿Te apetece una bebida fría?-sugerí. Gaia torció la boca y me miró de forma severa, como si sospechara que estaba intentando cambiar de tema. Mi intención no era esa y su sonrisa me hizo creer que lo sabía; solo tenía sed y supuse que ella también tendría.

Me levanté para regresar caminando al bar de la playa, pedí dos copas de vino blanco y volví a donde estaban nuestras toallas. Gaia tomó un sorbo de la suya, aunque después tomó un trago más profundo que el mío, consiguiendo acabar su copa de vino antes que yo.

Poniéndose en pie rápidamente y mostrándose ante mí, con la brillante luz del sol sobre sus hombros y su rostro, dijo: "Vamos. Es hora de darse un baño".

DIARIO DE MIKE – 19 DE SEPTIEMBRE DE 1988

Anoche comimos y bebimos bien y después regresamos a la habitación felizmente agotados.

Hemos estado viviendo nuestra ruta por Italia a través de su comida, y la cercanía al mar hace aún más interesante la experiencia. En Ristorante Piscina comenzamos tomando *laganelle e ceci,*una sopa de garbanzos con ajo y fideos de pasta corta y unas gotitas de aceite de oliva verde claro por encima. La hogaza de *palata*, un pan duro y rústico de Campania, ayudó a rebañar el líquido de la sopa. Tras terminar el plato pasamos al linguini con langostinos bañados en salsa de mantequilla y vino blanco y aromatizados con perejil fresco, una pizca de sal y un toque de romero.

Tras comernos todo eso acabamos la sobremesa con café espresso y limoncello, una sabrosa bebida alcohólica a base de limón que es mejor cuando está hecha con los limones de Sorrento.

Después de comer volvimos al hotel cansados, llenos y listos para dormir. Mientras Katherine se disponía a ir a la cama, cerré las cortinas opacas y me quedé dormido antes de que ella se deslizara entre las sábanas.

Cuando nos despertamos por la mañana la habitación aún estaba muy oscura. Pensando que todavía era de madrugada miré el reloj. Sorprendido al ver que marcaba las 11:30 a.m. salté automáticamente de la cama. No teníamos a dónde ir ni nada que hacer, pero me sorprendió que hubiéramos dormido tan profundamente durante tantas horas.

-¡Por lo visto esas cortinas opacas funcionan de verdad!-le dije a Katherine mientras esta se despertaba.

Nos levantamos y pusimos en marcha lentamente la rutina de la mañana. Yo con una ducha y vestido con ropa ligera de verano y Katherine con una ducha y arreglándose durante más tiempo. Solía decirle entre bromas que no necesitaba tanto esfuerzo para estar guapa, pero ella se burlaba de mí.

-Quizá no pienses lo mismo si alguna vez me salto este paso-respondió.

Había visto a mi joven esposa de muchas maneras: vestida y desnuda, maquillada y al natural, y dudaba de su necesidad de preocuparse por el cabello, el maquillaje y el estilismo.

17 DE MAYO DE 2007

La explicación que Piero me dio me dejó descontento y angustiado. Saber que Gaia me estaba buscando pero sin estar dispuesta a encontrarme por los cauces habituales, provocó que un montón de dudas me asaltaran; sobre el tiempo que pasamos juntos, la intimidad que compartimos y los planes de futuro que inundaron mi cabeza en esos días de julio de 2004.

Me senté en el borde de la cama y volví a mis pensamientos. Sí, ya había pensado en muchas ideas para un futuro junto a Gaia. Ella estudiaba en Estados Unidos y yo trabajaba para el Departamento de Estado. ¿Qué podría salir mal?

Pero, ¿ella pensaba lo mismo?

Estaba seguro de que Gaia sentía lo mismo

por mí. Todo aquello hizó que su repentina desaparición tres años atrás fuese todavía más confusa.

Volví a mirar la caja y saqué el montón de cartas atadas con una cuerda. No podía recordar todas las intrincaciones de su escritura salvo por un detalle. Cuando estábamos juntos Gaia había escrito apresuradamente una notita en el bloc de papel que había junto a la cama, para avisarme cuando yo despertara de que ella volvería en un rato. Recuerdo la floritura de la "y" que añadió al final de mi nombre, y vi esa misma floritura en los sobres amontonados en la caja.

Levanté el montón de sobres y hojeándolos pude observar que estaban colocados por orden cronológico. Tomé el primero, el más antiguo, con fecha del 14 de junio de 2005, y lo giré para abrirlo. Estaba cerrado pero no tenía sello, y sin duda no estaba pensado para el envío.

En la otra cara del sobre, escrito con letra pulcra, aparecía esta nota:

"Para Danny, el único amor verdadero de mi vida"

Un violento escalofrío me recorrió de arriba abajo. Ahora sabía que sus sentimientos eran tan fuertes como los míos. Observé, sin comprender, el papel que tenía entre mis manos, ansioso por leerlo pero nervioso por lo que iba a descubrir. ¿Qué secreto estaba enterrado en esas cartas?; es más, ¿qué secreto me había ocultado mientras estuvimos juntos?

Poco a poco, abrí la solapa y saqué la carta.

CARTA DE GAIA – 14 DE JUNIO DE 2005

Danny, te quiero.

Su caligrafía era elegante, con una letra pequeña que tenía palitos llanos y rabitos caídos. Las letras altas eran notables y las curvas de cada letra estaban perfectamente redondeadas. El aspecto de estas añadía riqueza a las palabras mientras las leía.

Te he estado buscando, como sé que tu también lo hiciste. Solo quiero que sepas que nunca te olvidaré. Este tiempo separados es necesario, y aunque sé que lo entenderás cuando escuches mi historia, no puedo contarte nada ahora mismo.

Pero quería que supieras lo especiales que fueron esos días contigo en Positano. Es un lugar maravilloso, sin duda, pero tú lograste que fuera aún más genial. Jamás pensé que encontraría a alguien con el que encajara tan bien, con quien pudiera relajarme tan fácilmente y de quien estaba segura que aceptaría todas mis decisiones.

Te contaré toda mi historia a su tiempo y espero que no me culpes por mi silencio. Y espero que entiendas por qué tuve que irme un día antes de lo previsto en esa etapa que pasamos juntos. Aquello me rompió el corazón, no solo marcharme sin darte una razón, sino irme sin tu abrazo, tu amor y tu dulce risa.

Esto tiene que ver con mi entrenamiento. Lo que hago es muy importante y espero poder utilizar mis conocimientos y mi experiencia para cambiar las cosas en el mundo.

Pero desde este instante deberías saber, si no lo descubriste cuando estuvimos juntos, que te quiero. Ahora y para siempre.

Gaia.

DIARIO DE GAIA –15 DE JULIO DE 2004

Me gustaría pasar tiempo contigo, mi pequeña fuente de sabiduría, pero tengo prisa.

Anoche conocí a un hombre que parecía muy agradable e interesante, era el acompañante perfecto. Decidimos pasar algo de tiempo juntos hoy. Acabo de terminar el desayuno y saldremos a la playa, y no quiero que esté esperando, de modo que solo escribiré algunas reflexiones.

Se llama Danny; es norteamericano. Vale, eso está bien (ja, ja). Ambos nos encontrábamos sentados en la terraza del hotel y él comenzó a hablar conmigo. La verdad, yo no estaba interesada al principio; quería concentrarme en mis obligaciones. Sí, claro, me divertiría un poco antes de regresar, aunque la "diversion" consistiría en caminar por la playa y beber vino en exceso (¡vale, nosotros también lo hicimos!). No pensé que la diversion incluiría conocer a un chico.

Es muy pronto para saberlo, pero creo que me gusta. Vamos a pasar algo de tiempo juntos (él se queda aquí durante cinco días, como yo) y veré qué ocurre.

Ah, sí, también trabaja para el Departamento de Estado. Mmm...vale, eso también es bueno, creo.

DIARIO DE MIKE –19 DE SEPTIEMBRE DE 1988

Pasamos algún tiempo recorriendo Italia antes de llegar a Positano, pero estoy muy contento de haberlo hecho. Este oasis junto al acantilado debe ser una de las mejores creaciones de la Madre Tierra. La ciudad está situada en la ladera de una colina o montaña enorme, aferrada a una tira de carretera que discurre por un acantilado escarpado de montaña. Las construcciones de piedra, casas y hoteles parecen estar pegados a la ladera del acantilado y unidos como un gran tapiz que cuelga del cielo azul.

Positano está orientado al sur, o un poco al suroeste, así que podemos contemplar el movimiento del sol desde arriba hasta que se sumerge en el Mediterráneo al atardecer. El cielo azul, con preciosas nubes blancas, se extiende hasta el infinito sobre el oeste, encontrándose con el mar en un horizonte muy lejano para imaginarlo.

Hay algunos olores que me recuerdan a un típico pueblo italiano, aunque la fragancia de los limones de Sorrento que crecen en los árboles y el aroma de la albahaca y el romero que florecen en los arbustos situados en el exterior de cada restaurante hacen que el aire dulce casi se pueda comer. Incluso el olor agrio de los peces que están junto a los barcos de pesca en la costa se suma al júbilo de Positano.

Me puse en contacto telefónico con el resto de hoteles que teníamos en nuestro itinerario de luna de miel porque Katherine y yo prolongamos nuestra estancia aquí. Simplemente nos tumbaremos junto al mar, comeremos cuando tengamos hambre y nos despertaremos cuando hayamos descansado. Creo que los habitantes de la costa Amalfitana viven en el Jardín del Edén. Y nos gustaría quedarnos aquí mientras seamos bienvenidos.

MI DIARIO – 15 DE JULIO DE 2004

A medida que el sol brillaba en lo alto y el aire se calentaba decidimos salir del agua para que la piel descansase y nuestros ojos se acomodaran a una luz más suave. Dejando nuestras toallas en la playa pedregosa, Gaia y yo nos pusimos en pie y nos dimos la vuelta hacia la cafetería que se encontraba a la sombra del toldo de rayas verdes y blancas que se extendía encima.

Gaia tropezó un poco con las rocas y me extendió la mano. La sostuve suavemente y sonreí. Aquello le arrancó una leve risilla mientras estabilizaba sus pies. Llegamos a la cafetería y enseguida sentimos el aire frío sobre nuestra piel caliente. Sentándonos en las acogedoras sillas que había en la terraza, disfrutamos de la sombra y del aire frío del ventilador que estaba encima de nosotros mientras seguíamos vigilando el mar y a los bañistas que abarrotan la orilla.

Durante unos instantes estuvimos en silencio y eso me alivió mucho. Si esto era lo que iba a encontrarme aquí, en mi descanso y recuperación en Positano, entonces estas vacaciones seguramente serían de las que te cambian la vida. Simplemente estar sentado junto a Gaia, con los brazos colgando sobre los reposabrazos de las sillas y nuestros dedos entrelazándose, me hizo sentir que ya habíamos pasado a la siguiente fase de nuestra relación. Hace apenas doce horas todavía éramos unos desconocidos, aunque había una tranquilidad y un alivio en nuestra cercanía. Dejé que mi dedo pulgar acariciara ligeramente el dorso de su mano y obtuve un gesto similar como respuesta. Gaia dirigió su sonrisa hacia mí y me apretó la mano.

Cuando vino el camarero ella pidió un limoncello y yo un Campari con gaseosa. Después de que el mozo se retirara, Gaia y yo volvimos a poner los ojos sobre la playa, aunque nuestras manos seguían unidas.

-¿Alguna vez lo has sentido?-preguntó ella, con el vaso de líquido amarillo brillante en la mano. Con mis ojos puestos aún en la playa y el mar azul, al principio pensé que se refería a nosotros-¿Alguna vez has sentido una cercanía tan maravillosa y una conexión natural con alguien?-no, nunca lo sentí. Pero cuando la miraba, me di cuenta de que Gaia sostenía el vaso de limoncello y estaba más inmersa en el momento que yo.

-No, todavía no-reí y bebí de su vaso para probar lo que estaba tomando.

Era un delicioso elixir, con cuerpo pero con un sabor a limón intenso y almibarado. La fragancia característica de los limones de Sorrento inundó mis fosas nasales antes incluso de llevarme el vaso a los labios. Di un sorbo, lo saboreé durante un instante en la lengua y después tragué. Tenía un sabor estupendo, siendo algo muy apropiado para este complejo turístico junto a la playa. Una bebida de textura aterciopelada perfecta para tomar bajo el sol del Mediterráneo.

-¿Alguna vez has probado esto?-pregunté a Gaia, ofreciéndole mi Campari con gaseosa. Este era todo lo contrario a su limoncello, un líquido rojizo con un agradable regusto amargo.

-¡Ahhg, sabe horrible!-dijo tras dar un sorbo.

-No, no es así-protesté, aunque estaba algo seguro de que esta sería su primera impresión. Recordé mi primer acercamiento a la bebida, cuando me decepcionó de forma similar a la de Gaia, aunque pronto me acabó gustando.

-El Campari es naturalmente amargo, pero es una clase de amargo que se toma mejor como una bebida para refrescarse en un clima cálido- dije.

Levantando su vaso de limoncello, Gaia respondió: "Sí, vale, ¡así me gusta la bebida para el clima tropical!", y se bebió su vaso mientras una sonrisa asomaba en sus labios.

Fue divertido relajarse aquí durante la tarde. Ya habíamos pasado unas horas al sol, así que sentarnos a la sombra fresca nos dio fuerzas. Gaia sugirió que nos quedásemos allí un poco más, "tomando otra bebida", aunque primero pedimos el menú.

Una breve espera fue recompensada cuando el camarero regresó con dos platos, uno con verduras a la parrilla y el otro con trozos de queso, aceitunas y calamares fritos. Nos sumergimos en la berenjena a la parrilla, el calabacín, los espárragos y los pimientos; despues añadimos grandes lonchas de queso asiago y queso parmesano desmenuzado, aceitunas secas negras y verdes y calamares a nuestros platos ya repletos de comida.

En mis viajes anteriores a Italia aprendí que ellos se toman en serio sus comidas. El plato que nos ocupaba en este momento aquí se consideraría solo como un aperitivo, de modo que reservé algo de hambre para lo que venía luego.

Pocos momentos después, Gaia desistió. Atiborrada a bocados de aquella deliciosa comida, se recostó en la silla como diciendo: "¡*Basta!*" ("suficiente" en italiano).

-Hay más-dije.

Me lanzó una mirada curiosa sin saber a qué me refería, si se trataba de comida u otra cosa. Entonces me tuve que reír. Su mirada casi me invitó a cambiar el "menú" de la tarde, pero me resistí (de momento).

-Creo que el *cameriere* está esperando el resto de nuestro pedido.

Los ojos de Gaia se abrieron como platos al pensar en el camarero regresando con más comida, así que intenté explicárselo.

-Los italianos se toman en serio la gastronomía, por eso todo está tan bueno. Pero también se toman en serio las comidas. No les gusta comer mientras caminan, por lo que rara vez verás a un italiano paseando mientras come un bocadillo o un rollo al estilo norteamericano, y tampoco acaptarán la comida rápida. De modo que una comida como tal consta de varios platos. Mira-añadí, girándome y señalando con la cabeza al camarero.

Este se acercó a la mesa y se quedó en silencio esperando a que pidiésemos el siguiente plato.

-Otra cosa: a los italianos no les gusta que les metan prisa. Así que cuando pedimos el plato de aperitivo, el camarero no esperaba que eso fuese a ser lo último de la comida e hizo lo correcto dejándonos esperar hasta que estuviéramos listos para pedir más.

Como si se tratara de un reto, invoqué algunas notas mentales que tenía hechas sobre la cocina local y me volví hacia el camarero.

-*Vogliamo baccalà alla napoletana*-este es un plato estrella de la zona: bacalao salado que se enharina y se fríe y después se sirve con tomates, ajo, alcaparras y aceitunas; a veces con pasas y piñones tostados.

-*Sì, signore. E un po di 'fusilli alla vesuviana?' Sul lato?*-sugirió el camarero. Recordé la receta del fusilli, una pasta retorcida preparada en una salsa que recuerda a un estofado de res; pero levanté la mano para indicar que quizá eso era demasiado.

Gaia observaba el montón de comida con una mezcla de curiosidad y de espanto.

-*Un po*-respondí, "solo un poco", golpeando suavemente mi mano derecha para indicar que solo deseaba una pequeña ración.

El camarero repitió: "*Sì, sul lato*", y después

me di cuenta de que la frase *sul lato* significaba "en el lado".

- *D'accordo*-respondí, aceptando la recomendación del camarero.

Gaia seguía con su mirada de asombro.

-¿También hablas italiano?

-Solo un poco, *un po*-dije riéndome. Pero estaba feliz de haberla impresionado.

Sus cejas arqueadas fueron un gran premio para mí.

- *Ana muejb*-respondió ella. En ese instante mis ojos se abrieron como platos. Aquello sonaba como a una variante del pastún, y ya que pude identificarlo como la traducción de "estoy impresionada", supe que debía ser así. Levanté las cejas mientras reflexionaba sobre la amplitud de conocimientos de aquella joven.

Reclinándose tras la breve conversación, los ojos de Gaia brillaban, las motitas verdes titilaban y su boca se convirtió en una sonrisa de satisfacción. Su intento de réplica fracasó y me lanzó una mirada desafiante.

Otra ronda de bebidas fue inevitable, y después otra más, mientras nos recostábamos en las sillas y nos relajamos con la brisa que se arremolinaba sobre las mesas.

Durante un momento que pareció más largo de lo que probablemente fue, nos miramos fijamente a los ojos. Los suyos parecían brillar; los míos casi se rompen.

Relajándome después de terminar la comida, contemplé las aguas cristalinas que estaban más allá de la playa de guijarros, absorto durante un instante por la belleza de todo aquello. No podía creer lo feliz que era en ese momento, y me di cuenta de que Gaia era el origen principal de esa sensación dichosa.

Un resplandor de luz solar se reflejaba en el agua y atrapó mi atención durante un momento, lo cual me llevó a desviar la mirada y cuando lo hice vi que Gaia me estaba observando. No sé durante cuánto tiempo hizo eso. Pero cuando captó mi atención sonrió (de forma cálida y feliz) y advertí que ambos estabábamos aprovechando la energía del otro.

CARTA DE GAIA –16 DE JULIO DE 2005

Queridísimo Danny:

El año pasado por estas fechas estábamos en Positano. Ahora, mientras contemplo las aguas del mar Mediterráneo, esto me parece muy extraño. No estás aquí y eso lo cambia todo.

Dejé de leer durante un instante y volví a mirar el sobre. Al igual que la carta de Gaia del 14 de junio, esta llevaba mi nombre escrito a toda prisa en el anverso pero no tenía matasellos ni sello, ni ninguna otra prueba de su origen.

Me río cada vez que pienso en las historias que contabas y en los buenos ratos que pasamos bebiendo limoncello (ah, vale, ¡que a ti te gusta esa bebida roja!) aunque también lloro por las noches al echarte de menos. La intensidad de tu abrazo, el calor de tu piel junto a la mía, incluso el sonido de tu respiración junto a mi oído cuando nos tumbamos en la cama; lo recuerdo todo con una dulce nitidez.

Ahora mismo estoy sentada en una cafetería tomando un café cargado y mirando pasar por la ventana a personas más felices que yo. Vale, déjame explicártelo.

Conocerte me hizo más feliz de lo que nunca fui, así que no es cierto que toda esa gente sea más feliz que yo. Claro, quienes van agarrados de la mano con sus amantes quizá sí, pero no todos.

En este mundo la vida es dura y mucha gente vive vidas de desesperación y deseo. El amor que albergan sus corazones puede ser el único apoyo al que recurrir. Como me sucede a mí.

Tan solo desearía rodear tu cuello con mis brazos y mirarte a los ojos. Eso sería suficiente ahora mismo.

Hasta más tarde,
Con amor, Gaia

Me sequé las lágrimas mientras releía las palabras "Estoy sentada en una cafetería". ¿Por qué no pudo decirme dónde era? ¿Estaba ella ocultando su ubicación o simplemente no valía la pena mencionarla? Gaia está ahí fuera, en algún lugar, deseando estar conmigo, y yo estoy aquí, en Positano, donde todo empezó, deseando estar con ella.

Realmente no lo entiendo.

17 DE MAYO DE 2007

Volví a leer la carta, buscando más cosas de las que había escritas en aquella página. Mis manos bajaron hasta el regazo, apretando todavía el papel entre los dedos mientras mi mirada se perdía en el lejano horizonte; el espacio acuoso del Mediterráneo, el mismo telón de fondo cuyas olas azules y sol brillante hicieron que me enamorase de Gaia.

Su carta añadió algunos detalles que no sabía, que no había sabido desde aquel día en 2004 cuando regresé a su habitación para descubrir que ella había desaparecido.

Recuerdo cruzar la puerta, esperando que ella estuviese lista, duchada y vestida para irnos. Para entonces el sol brillaba a través de los postigos abiertos mientras una brisa de aire fresco mañanero se deslizaba entre las puertas francesas entreabiertas que daban a su balcón.

Pero ella no se encontraba en la cama, así que fui al baño a buscarla. No se escuchaba el ruido del agua, de modo que pensé que ella podría estar ocupándose de cuestiones más íntimas. En lugar de abrir la puerta y avergonzarla, escuché con atención cualquier sonido. Al no oír nada, llamé a la puerta. Sin obtener respuesta alguna, giré el pomo y entré.

El cuarto de baño estaba algo desordenado, como siempre (los alrededores de Gaia siempre parecían reflejar la relación distraída que esta mantenía con la vida), pero no había rastro de ella. Había una toalla en el suelo y un bote de maquillaje gastado en el lavabo; ahí fue cuando me di cuenta de todo.

La puerta del armario situado junto al lavabo estaba entreabierta. Al abrirlo del todo pude ver que este estaba vacío, salvo por los diversos artículos de higiene personal que la camarera de piso puso en la habitación. No había nada que pudiera asociar con Gaia. No había revisado su lista de efectos personales, así que no sabía qué debía encontrar, pero definitivamente no había objetos que fueran solo suyos.

Me di la vuelta y crucé la puerta en dirección a la zona del dormitorio. Una brisa repentina abrió la puerta y sacudió mi cabeza; después desapareció. Abrí la puerta del armario y no vi nada en él, ni ropa, ni maleta; solo perchas vacías esparcidas descuidadamente por la barra colgante y el fondo del armario.

Mi primera reacción fue pensar que estaba en alguna clase de deformación del tiempo. Incluso me pregunté durante un instante si había imaginado todo aquello, pero eso no podía ser. El cuerpo de Gaia, el olor de su pelo, su sonrisa, sus ojos...todo...eran demasiado reales para mí. Aún podía evocar la sensación que me produjeron sus labios contra los míos solo una hora antes.

Con el recuerdo fresco en mi mente regresé al presente, moví un poco la cabeza y volví a la carta que tenía sobre mi regazo. Las reminiscencias de aquella mañana seguían en mi cabeza como si las hubiera vivido ayer. Eran los únicos recuerdos consistentes que tenía de Gaia, dolorosos y esperanzadores a la vez, pese a que realmente eran muy escasos. Esas evocaciones me habían acompañado durante los últimos tres años, hasta que Piero me entregó aquella caja.

Mi boca se torció en un gesto entre el dolor y la tristeza mientras pensaba. Metí la mano en el bolsillo delantero de los pantalones y saqué un sobre arrugado que llevaba conmigo a diario desde julio de 2004. Este llevaba escrito mi nombre en un elegante garabato hecho por Gaia. Con cuidado, saqué la nota de la primera página. Ella me lo había dejado esa mañana, un recuerdo que no descubrí hasta que busqué pistas por la habitación. Gaia lo dejó apoyado contra la lámpara de la mesa que estaba junto a la cama.

La breve nota rezaba lo siguiente:

"Danny, te quiero pero ahora debo irme. Espero que lo entiendas".

"Volveremos a estar juntos si aún me quieres".

"Con amor, Gaia"

MI DIARIO – 15 DE JULIO DE 2004

Estoy escribiendo esto durante un descanso no deseado de Gaia por la tarde. Espero tener tiempo para añadir más cosas luego.

Después de una comida más grande de lo que había pensado y de algunas rondas de bebidas, Gaia y yo volvimos a la playa, hasta las toallas que habíamos dejado allí. Para entonces, el sol estaba en lo alto y el calor también había aumentado. Ambos nos pusimos gafas de sol para protegernos de la luz abrasadora y adoptamos una postura de adoradores del sol. Aunque esta vez entrelazamos nuestras manos y descansamos en la comodidad del abrazo compartido.

El día se volvió más y más caluroso. Esperábamos una temperatura más llevadera y tal vez una pequeña tormenta, pero los aguaceros aquí son raros. Más o menos una hora después de regresar al lugar de la playa donde estábamos colocados, Gaia y yo nos dimos por vencidos y decidimos (probablemente bajo la influencia de la comida y la bebida) que deberíamos retirarnos al hotel.

Ella se puso en pie primero, siempre más activa y con más energía que yo, recogimos nuestras pocas pertenencias y caminamos de regreso por la playa tomando la larga subida hasta Casa Albertina.

Echándose la toalla al hombro para liberar su mano, Gaia tomó la mía.

-Vale, el sol es estupendo, pero ya tuvimos demasiado calor para un solo día-dijo.

Le devolví la sonrisa aunque tenía poco que decir. Disfrutaba de la forma tranquila en que estábamos juntos y evité hablar para no estropearlo.

Nuestras manos entrelazadas se balanceaban perezosamente mientras subíamos las escaleras de regreso al hotel. Una vez dentro del vestíbulo y seguros a la sombra, mis ojos se acomodaron lentamente a la luz tenue del lugar. Gaia me tiró de la mano provocando que me girase para mirarla. Dejando un cálido beso en mis labios, sonrió de forma no muy recatada y dijo que necesitaba una ducha.

-Y ahí dentro solo cabe uno-añadió de forma juguetona.

Yo estaba en una habitación muy parecida a la suya y sabía que en la ducha había sitio para dos personas si estas querían compartir un espacio íntimo; aunque sabía que su comentario tenía el propósito de protegerla por ahora, así que lo dejé pasar. Definitivamente no quería que se me fuera la mano.

Dando un paso ligero hacia el pasillo, Gaia se dio la vuelta, se despidió con la mano como si fuese una niña y dijo: "Te veré sobre las seis, en la terraza".

¿A las seis? ¡Eso era dentro de tres horas! Vale, entonces quizá ella necesitaba una ducha y tal vez una pequeña siesta. Pero supe que no podría estar tres horas sin ella, ¡sería como si fuesen diez!

Más tarde, durante el anochecer:

Bueno, en cierto modo, tenía razón y estaba equivocado. Las tres horas me parecieron una eternidad, aunque sobreviví. También me metí en la ducha para quitarme el calor y la arena del cuerpo, y después estuve un rato escribiendo anotaciones en este diario. No puedo evitar sonreír mientras escribo, y en un momento incluso pensé en mi hermana. Ella me convenció para que tuviera este diario, diciendo que podría volver a leer las anotaciones cuando regresara a Afganistán y que los recuerdos me aliviarían.

¡Si ella hubiera sabido todo esto...!

Gaia apareció puntualmente en la terraza a las seis. Por supuesto, yo ya estaba allí...no podía ocultar mi impaciencia y no quise perderme ni un momento con ella.

Iba muy arreglada. Tenía el cabello recogido en una larga cola de caballo y brillaba a la luz del atardecer. Con el sol sobre su rostro mientras salía del vestíbulo, pude apreciar su tono de piel bronceada, sus ojos brillantes y el ligero brillo del pintalabios rosa. Esta llevaba puesto un vestido estampado de color lavanda claro con un escote cuadrado y también lucía una pulsera de cuentas blancas en su muñeca izquierda.

Con poco maquillaje encima salvo el pintalabios, siempre presente, y sin ninguna otra joya, Gaia parecía un millón de dólares. Dio un paso hacia mí rápidamente, pero mi mente y mi imaginación ralentizaron el tiempo en un goteo. La observé mientras estiraba las manos, colocándolas sobre mi rostro y atrayendo mis labios hacia los suyos. Fue un beso suave y sincero, que reflejaba un poco de pasión, pero lo suficientemente discreto como para no avergonzarme aquí, en un lugar público.

No pude contener el torrente de sangre y emoción que me inundó. Sonreí de oreja a oreja, puse mis brazos alrededor de su fina cintura y me incliné de nuevo para recibir otro beso. Gaia accedió, aunque luego se apartó, sonrió y puso su dedo índice en mis labios.

-Tenemos tiempo-fue todo lo que dijo.

DIARIO DE GAIA –15 DE JULIO DE 2004

Oh, Danny, Danny, Danny. Esto es muy divertido. La tarde al sol fue calurosa, pero durante el anochecer parece que ya va a hacer más calor.

Regresaste a tu habitación, así que solo tengo un momento para escribir sobre algunas cosas. Te dije que nos encontrásemos a las seis. ¡Por favor, no llegues tarde!

Gracias por hacer que la sangre corra por mis venas apasionadamente y por conseguir que este sea uno de los días más maravillosos de mi vida. Y no, no estoy bajo los efectos de la bebida que tomé durante la comida. Bueno, tal vez sí, pero es como si mi alma sintiera una descarga de emoción cuando te veo. Las olas de ahí fuera hacen que esa sensación sea aún más real, como si el

Mediterráneo se derramara sobre mí y me inundara con una cálida sensación de hormigueo.

¿Cómo pudiste? He conocido otros hombres antes (no soy una niña), pero la brusquedad de este sentimiento me ha dominado. ¿Tú te sientes igual? ¿O solo soy un amor de verano?

También aprendí de mi padre lo bueno que puede ser un hombre benévolo. Incluso cuando me alteras la sangre pareces encajar en ese noble rol. ¡Oh, Dios, espero no ser solo un amor de verano!

MI DIARIO – 15 DE JULIO DE 2004

Decidimos cenar aquí esta noche, en Casa Albertina. La cocina de la región se centra en el marisco, algo normal en esta zona costera, y ya sabíamos que el hotel tenía mucho que ofrecer.

Voy a evadirme en algunos pensamientos mientras regresas a tu habitación. Dijiste que debías ir a por algo y me dejaste aquí en la terraza. ¡Date prisa en volver!

Piero debe haber visto una historia de amor fraguándose, porque apartó la mesa perfecta en la terraza. Solo para dos, con las sillas colocadas muy juntas una de la otra y ambas mirando al mar.

Tengo que retirarme. ¿Por qué tuviste que regresar a tu habitación?

DIARIO DE MIKE – 19 DE SEPTIEMBRE DE 1988

Hemos estado durmiendo hasta tarde, tumbados al sol durante la mayor parte del día y haciendo senderismo por las colinas que rodean Positano. Es algo mágico. Creo que incluso sería mágico sin Katherine a mi lado, pero esto, sin duda, es mejor.

Ya que la costa Amalfitana es conocida por su marisco decidimos probar la mayor cantidad posible. Anoche compartimos un plato de *frutta di mare*. Kat sonrió de manera inquietante y preguntó si aquello no era arriesgarse demasiado.

-¿Qué lleva eso?-me preguntó.

Yo simplemente me encogí de hombros. No tengo ni idea de lo que creen que lleva este plato.

Así que le pregunté al camarero. Él también se encogió de hombros, aunque tuve que reírme porque parecía que su gesto era mucho más informal que el mío. Continuó diciendo que *frutta di mare* significa fruto del mar; almejas, mejillones, pequeñas sardinas y otros pescados, formas de vida marina menos reconocibles...Entonces, sin estar muy seguro de sobre qué estábamos hablando, opté por volver a encogerme de hombros, y esta vez creo que lo hice bien porque el camarero se rió conmigo.

Pero antes de que nos trajesen el pescado nos sirvieron unos cuencos de *soffritto*, una mezcla napolitana de varios trozos de carne, aromatizada con hierbas y salsa de tomate y aderezada con hojuelas de pimiento rojo. Con el *soffritto* venía una cesta con pan grueso y crujiente, aún caliente, para mojar y rebañar el líquido.

Después vino la *insalata Caprese,* una ensalada de hojas verdes preparada a base de tomates, queso mozzarella y hojas frescas de albahaca y aderezada con un aceite de oliva virgen extra color verde oscuro.

Por último nos trajeron una fuente humeante repleta de mariscos, pequeñas sardinas brillantes, moluscos de varias formas y tamaños e incluso camarones rosados. Sin duda era demasiada comida para dos personas, sobre todo después de haber consumido otros dos platos, pero nos trajeron otra botella de vino y el camarero dijo: "¡*Mangia!*"

Entonces comimos. Todo estaba estupendo, los sabores eran tan frescos y reales que fue fácil entender por qué aquello se conocía como el fruto del mar. Aunque Kat (e incluso yo) a veces revisaba el siguiente trozo con el tenedor de manera escéptica.

Una buena comida y dos botellas de vino después (sí, bebimos mucho), y tuvimos que dar un paseo. No duró mucho tiempo (nosotros tampoco), pero nos fuimos hacia la barandilla que separaba el restaurante de la cuesta empinada hacia el mar y contemplamos las luces parpadeantes de los barcos de pesca, la luz tenue de la luna sobre el mar y el tintineo de campanas suaves a lo lejos.

Tras un momento de silencio, Kat, todavía mirando hacia el mar, dijo: "Deberíamos traer a nuestros hijos aquí algún día".

Aquella frase fue casual y no debería haberme sorprendido, pero mis ojos se abrieron como platos ante la idea. Estábamos en nuestra luna de miel y mientras practicábamos "hacer bebés", visualizar tener una familia en el futuro aún era desalentador.

Mmm, ¿podría ser aquella la causa por la que

tuviese tanta hambre esta noche? Me refiero a la cena.

CARTA DE GAIA – 9 DE MAYO DE 2006

Querido Danny:

He regresado y te estoy buscando, pero por supuesto no estás aquí. ¿Por qué ibas a estarlo?

Necesito encontrarte, pero no te buscaré (no puedo) en el Departamento de Estado. Necesito encontrarte aquí, en Positano.

Hoy parece que ha pasado mucho tiempo desde que estuvimos juntos. No he conocido a ningún otro hombre desde entonces. ¿Qué es de tu vida?

Tuve que detener la lectura durante un momento. Leer las cartas de Gaia era algo esperanzador y decepcionante a partes iguales, y quise responder las preguntas que planteaba en ellas. ¿Por qué no me llamó y me preguntó estas cosas por teléfono? Sin duda le habría contado que no había habido otra mujer que no fuese ella. Pero si ella no estaba con otro le hubiese preguntado que por qué no volvía conmigo.

Miré de nuevo la parte superior de la carta. Fue escrita hace poco más de un año, y sí, supe que eso fue dos años después de conocernos.

Ella oculta un oscuro secreto que no revelará. No está casada (¿o sí?) y no tiene novio. No puede huir de las autoridades, ¿verdad? Debe tratarse de algo relacionado con la formación de la que me habló.

Mi cabeza se mueve y me lloran los ojos al pensar en ello.

Cuando volvamos a estar juntos estaré preparada y te lo contaré todo. Aunque debes confiar en mí, amor mío.

Para siempre, Gaia

17 DE MAYO DE 2007

Estoy leyendo y haciéndome preguntas, torturado por lo que está escrito y lo que no aparece en las páginas de estas cartas y en el diario de Gaia.

Apreté contra mi pecho la última carta de Gaia, pero estaba harto. Sabía que esta serie de elementos me acercarían a ella, pero ¿cuándo sería eso?

Me levanté de la cama y salí al balcón de mi habitación. El mar parecía infinito y eterno, como mi amor por Gaia. Era el mismo escenario que compartí con ella, las mismas olas claras, el mismo sol radiante y el mismo ruido de fondo de los bañistas saltando en la orilla de la playa.

Incluso los olores eran los mismos. La fragancia narcótica del estragón, albahaca y romero se mezclaba con las flores y limones frescos en una sinfonía de sensaciones comestibles. El olor de la carne a la parrilla y el marisco al vapor emanaba de los restaurantes situados en el acantilado bajo Casa Albertina y traía recuerdos de nuestras cenas juntos.

"¡Oh, Dios mío! ¡Esto es fantástico!", exclamó Gaia aquella noche en Da Marco. Esta atacó su comida con un entusiasmo que coincidía con su carácter optimista. La comida era estupenda, el vino era maravilloso...me pregunté si ella me atacaría a mí con el mismo entusiasmo.

En ese momento me di cuenta de que me había leído la mente porque me miró a través de su tenedor lleno de pasta y sonrió de forma pícara.

Me volví hacia la cama y dejé la carta suavemente sobre la almohada. Sabía que Gaia realmente no estaba en aquella caja y no importaba el dolor o el alivio que me provocaran sus textos, necesitaba un descanso.

Al pasar por la puerta hacia el silencioso pasillo encontré a Piero doblando la esquina.

-¿Por qué no puedes ayudarme a encontrarla?-pregunté bruscamente.

Piero me miró con el dolor grabado en su rostro.

-No dejó una dirección de contacto-dijo al principio-Al menos una que sea real.

Fruncí el ceño ante este último comentario y él supo que tendría que contarme más cosas.

-Sé que la estás buscando, Danny, y sé que esto es lo más importante de tu vida. Así que la segunda vez que estuvo en Casa Albertina le pregunté si podía ayudar en algo. Ella me dijo que no y solo miraba hacia el mar. Parecía muy triste y distante. Le dije que me gustaba tener las direcciones de los domicilios de nuestros invitados, hasta el punto de inventar que nos gusta enviar invitaciones y folletos. Gaia era más lista que yo y adivinó mis intenciones, pero me devolvió la sonrisa y aceptó.

-Entonces, ¿tienes una dirección suya?

Piero me miró seriamente a los ojos.

-Sí, pero no. Gaia me dio una dirección e iba a enviártela. Pero antes de eso Umberto encontró algo que ella había olvidado y se lo envió por correo. El paquete regresó.

Piero guardó silencio por un momento.

-El paquete regresó, Danny. Ella no me dio una dirección auténtica.

-¿Cómo puedo dar con ella, Piero?

Este se encogió de hombros y levantó las manos con las palmas hacia arriba.

-No lo sé, Danny. Por sus visitas puedo saber que ella también te quiere. ¿Por qué no se pondría en contacto contigo?

Su pregunta me pareció injusta, pero principalmente porque no tenía una respuesta para una duda tan sensata.

¿Dije algo equivocado? ¿Me perdí algo que debería haber captado? ¿En su voz, en sus ojos? ¿En su abrazo?

Se me escapó un largo suspiro y aparté mi mirada de Piero. Este puso su mano sobre mi hombro a modo de consolación, pero eso no me ayudó mucho.

MI DIARIO – 15 DE JULIO DE 2004

Muy bien, escribo estas anotaciones mientras estamos aquí sentados en el restaurante. Sé que no podré apreciar el sinfín de platos si espero demasiado para escribir sobre ellos, así que quiero hacerlo bien.

Estamos tirando la casa por la ventana y cenando en Da Vincenzo, uno de los restaurantes estrella de los lugareños aunque no tan conocido entre los turistas. Piero nos contó que este sitio tiene la mejor y la más auténtica comida napolitana, pero además cuenta con los vinos y los platos de la provincia más grande de Campania. Así que...¡qué demonios!

Gaia está tomando una copa de Greco di Tufo, un vino blanco local que es sabroso y suave. Había oído hablar mucho del Taurasi, un vino tinto fabricado con la uva Aglianico, y no pude resistirme a probarlo mientras estuve aquí en Campania.

Marco, el locuaz y llamativo dueño del restaurante, revoloteaba sobre nosotros y todos los comensales. Su sonrisa alegre y amable unida a la mejor comida del restaurante ("¡Todo está bueno!", diría él) se sumaban al ambiente festivo.

Sin esperar siquiera a que pidiésemos, Marco trajo un plato de *crostini alla napolitana*. Las rebanadas de pan están aceitadas como en las versiones más comunes de la receta, aunque en esta el tomate picado, la albahaca, el ajo y las anchoas se montan sobre el pan antes de que vaya al horno. Tras una cocción rápida bajo el asador, el *crostini* se sirve directamente a la mesa antes de que el aceite se enfríe.

Marco se empeñó en traernos *sartù di riso*, un timbal de arroz con carne, pollo, guisantes, cebollas...tantas cosas que ni me acuerdo. Pero fue el plato más sabroso que he probado en mi vida.

-¿No quieres hablar conmigo?-interrumpió Gaia con una sonrisa.

-Oh, lo siento-dije, y cerré el diario.

Más tarde, durante la noche:

Mientras Gaia se preparaba para ir a la cama pude volver a escribir. Pero tengo que hacerlo rápido; estoy en su habitación y "ponerse cómoda" significa prepararse para mí.

DIARIO DE GAIA –15 DE JULIO DE 2004, DE MADRUGADA

Oh, Danny, cuánta comida, cuánto vino, cuánto amor...vale, quizá no fue demasiado.

Estás agotado (¡ja, ja! Espero haberte ayudado) y después de todo el goce te quedaste dormido. Estás en tu lado de la cama, frente a mí, con la cabeza hundida en la almohada de plumas, aunque tus ojos están cerrados y tu respiración suave me hace estar bastante segura de que estás dormido.

Yo también estoy agotada (¡gracias!) pero no puedo dormir. Esto es lo más viva y lo más despierta que he estado en toda mi vida.

Ok...¡no te despiertes! Solo te revolviste y pasaste la mano por mi cintura. Yo rocé tu mano con los dedos y tus ojos revolotearon. ¡No te despiertes! Solo quiero verte ahí.

Consigues que amarte sea muy sencillo, Danny. Desde aquella noche y tu abordaje incómodo (sí, lo siento amigo, ¡no fue tan cortés!), hasta esta noche, cuando me envolviste en tus brazos, me encontré inmersa en un viaje que sabía que no acabaría. No se terminará, ¿verdad?

Tu risa ante la cantidad de comida en Da Vincenzo y tu manera de sorber el vino (¿estaba bueno ese Taurasi?); grabé todo aquello en mi memoria para recordarlo cuando esté lejos de ti. Pero no, no vamos a hablar de eso ahora.

Te revolviste de nuevo y esta vez abriste los ojos. Tuve que esconder el diario rápidamente, aunque cuando volviste a cerrar los ojos y a quedarte dormido lo saqué.

Tu cabello es negro y rizado aunque con signos de canas en las sienes. Me acabo de dar cuenta de que no te pregunté cuántos años tienes. Bueno, es lo justo. Yo tampoco te dije mi edad. Solo para que conste, tengo veintidós años, pero pronto lo sabrás todo sobre mí.

Creo que ya conoces lo más importante.

DIARIO DE MIKE –19 DE SEPTIEMBRE DE 1988

Esta es nuestra última noche en Positano. No puedo creer que tengamos que irnos. Estar junto a Katherine siempre me llena, pero estar con ella en Positano es realmente algo de otro mundo.

Fuimos a dar un paseo por la playa puesto que este es nuestro último atardecer aquí. Es como si la luna esparciese destellos sobre el mar y los dioses encendiesen las luces rojas, azules y amarillas en las casas situadas en la cuesta de atrás, como sonidos visibles. Hacia la izquierda, el Mediterráneo se extiende ante nosotros como una alfombra reluciente que se agita continua-mente en las olas.

Hacia la derecha, mis ojos se van hacia la cuesta empinada, la zona de la carretera en curvas y las casas de piedra, restaurantes y tiendas que se aferran a este fantástico trozo de tierra como el tesoro de una historia de ciencia ficción.

Realmente esto debe ser mentira. Katherine y yo nos hemos enamorado aún más de este lugar, más de lo que pudiera haber imaginado. Y eso tengo que agradecérselo a Positano. La comida, el vino, los paisajes que se alzan ante nosotros...incluso Casa Albertina tuvo su parte en lograr que esta luna de miel fuese perfecta.

Piero me dio este libro en blanco cuando nos registramos en el hotel y yo no estaba muy seguro de qué hacer con él. Pero este debe saber que la magia de este lugar inspira a ponerse poética incluso a la gente corriente como yo. Y como él me pidió, le dejaré este libro. Nos promete que el libro nos estará esperando a Kat y a mí cuando regresemos a su hotel.

¡Qué gran aliciente para volver!

MI DIARIO –16 DE JULIO DE 2004, POR LA MAÑANA

Regresé a mi habitación mientras tú te duchas y te arreglas para empezar el día. Así que me tomo unos minutos para escribir algunos pensamientos y recuerdos sobre ti mientras estás ocupada.

Aunque en realidad no será necesario escribir sobre el tiempo que pasamos juntos. En mi memoria está grabado a fuego todo sobre ti. Pero parece que ya que empecé este diario no puedo dejarlo a medias.

Gaia, ¿quién eres? Eres increíble, maravillosa, guapa y muy apasionada. No creo que esto sea solo Positano hablando, aunque tengo que admitir que la admiración por este lugar ha aumentado mis percepciones de gozo. Pero no, eres tú.

Hoy quiero averiguar más cosas sobre ti. Conozco tu voz, tus ojos, tu sonrisa e incluso la divertida arruga que se forma en tus mejillas cuando ríes a carcajadas. Y he descubierto cosas sobre tu cuerpo que también están grabadas a fuego en mi memoria.

Pero deseo saber quién eres, de dónde vienes y a dónde vas. Por supuesto vamos a averiguar lo lejos que vivimos el uno del otro y hallaremos una forma de acortar la distancia.

Espera, estoy yendo demasiado rápido. Si te interrogo sobre tu vida (¿y amores?) probablemente te asuste. He sobrevivido a aquel primer acercamiento chapucero y todavía me dejas entrar en tu vida; ahora debo tener cuidado de no arruinar los próximos días que pasemos juntos.

Ah, una cosa más: Marco tenía razón. Ese *sartù di riso* estaba de muerte. Era demasiada comida para que la acabásemos y pese a ello después nos trajo *anginetti* (pequeñas galletas de azúcar) y café y dijo: "¡Tenéis que seguir despiertos!", como si supiera algo sobre nosotros.

Caminamos lentamente de regreso a Casa Albertina, agarrados de la mano y deteniéndonos de vez en cuando para disfrutar de la vista y compartir besos cada vez más íntimos. Umberto se encontraba en la recepción cuando atravesamos la entrada. Este sonrió ligeramente y asintió mientras pasábamos. Su cabeza también siguió nuestro recorrido ya que esta vez no nos separamos por diferentes pasillos.

Me agarraste la mano un poco más fuerte cuando hicimos un alto en el camino y me guiaste a tu habitación. Allí pasamos una noche de, bueno, ya conoces el resto.

Esta mañana me dijiste que te diera una hora. No sé por qué la necesitas. Yo me arreglé en diez minutos y estoy ansioso por verte. Te propuse volver a tu habitación mientras te arreglabas para empezar el día pero te opusiste.

"Una chica necesita algo de tiempo para arreglarse", dijiste. Me ofrecí a sentarme en la cama y quedarme leyendo, sin hacer ruido, pero me apuntaste con el dedo mientras movías la cabeza de izquierda a derecha.

Así que aquí estoy, solo. Por ahora.

17 DE MAYO DE 2007

Regresé a mi habitación y tomé otra de las cartas de Gaia. Esta tenía fecha del 4 de septiembre de 2006. No hace mucho que fue escrita.

Mi viaje al pasado (todavía era "nuestro" pasado) se había vuelto más difícil y aterrador para mí. Sabía muy poco sobre ella; pensé otra vez en aquel día de julio de 2004, cuando me decidí a preguntarle a Gaia por su vida. Preocupado por preguntar demasiadas cosas, aplacé algunas cuestiones. Quería seguir pasando un tiempo juntos de intimidad y diversión, no que aquello fuese una búsqueda de experiencias de la vida real o la confesión de secretos o historias familiares.

Pero ahora me preguntaba si había interrogado muy poco. Incluso me preguntaba si mi falta de curiosidad la había convencido de que yo no estaba realmente interesado en una relación a largo plazo.

Aquel pensamiento me hizo temblar. ¿Mi gesto prudente de hacer las cosas fáciles y no complicar nuestro romance de verano la había alejado con el temor de que ella solo fuese una breve cita para mí? Nada más lejos de la realidad, pero si eso es lo que ella pensaba (y eso es lo que provocó que se marchara y estuviese reacia a contactar conmigo), ¿había arruinado ya mi vida por completo?

Gaia, ¿cómo te digo que te deseaba entonces y te deseo ahora? ¿Cómo te hago llegar ese mensaje?

"Piero", grité, dándome una carrera hacia el vestíbulo. Había escrito apresuradamente todo sobre mí: número de teléfono, dirección, mis cuentas de correo electrónico tanto personal como profesional y número de teléfono móvil. Mientras revisaba el exiguo relato de mi vida escrito a toda prisa en este trozo de papel me pregunté por qué no había nada más que pudiera escribir.

No podía decir: "Gaia, te quiero. Por favor, llámame". Esas palabras eran muy personales, y, de todas formas, podrían no ser necesarias si esta nota le llegaba alguna vez.

Le entregué la nota a Piero. Este tomó el papel sin mostrar ninguna emoción.

-Sabe que la estás buscando-comentó sobre Gaia.

-Pero yo quiero que ella me busque a mí.

-Eso hace-respondió, y recordé la explicación anterior de Piero de que Gaia tenía que encontrarme en Positano y no en la vida real. Mi rostro ardía por la frustración, aquello no tenía ningún sentido. Si ella quería encontrarme a mí y yo a ella, ¿por qué no llamaría simplemente a mi teléfono móvil o a mi oficina en el Departamento de Estado?

-Por favor, guarda esto-le dije a Piero-Y dáselo a Gaia la próxima vez que venga. Y por favor, dile que se ponga en contacto conmigo.

Piero solamente asintió.

En aquel momento pensé en preguntarle cuánto costaría quedarse a vivir en Casa Albertina esperando hasta que Gaia regresara. Pero no solo no podía permitirme el dinero, tampoco podía permitirme dejar mi puesto en Afganistán.

Regresé a mi habitación esperando recobrar fuerzas suficientes para leer más cartas de Gaia. Todavía preocupado por el contenido, aunque cada vez más ansioso por saber qué tenía que decirme (aquello que escribió y que no pudo enviarme), abrí el sobre.

MI DIARIO – 16 DE JULIO DE 2004, AL ANOCHECER

Gaia está en la ducha y yo estoy recostado en su cama escribiéndote a ti, mi diario. Sí, ella me dejó quedarme en la habitación mientras se arreglaba. ¡Quizá eso sea un avance!

Pasamos otro día estupendo. Comenzamos por la playa, repartiendo nuestro tiempo a partes iguales entre tomar el sol y pasear. Un largo chapuzón en el mar nos refrescó y nos quitó el sudor y la arena de la playa de nuestra piel, reanimándonos para otra hora más de bronceado.

La comida del mediodía fue sencilla. Regresamos a la misma cafetería junto a la playa en la que estuvimos ayer. Por supuesto primero tomamos vino, seguido de una ensalada de rodajas de tomate, mozzarella y cebollas rojas cortadas en trozos. Un vinagre balsámico fuerte y un sabroso aceite de oliva virgen extra fue todo lo necesario para el aliño; comimos con avidez y dejamos nuestros platos limpios.

A eso le siguieron los calamares fritos. En Estados Unidos este plato suele ir acompañado de un cuenco con salsa marinara para mojar los calamares, aunque aquí la comida está tan buena que las salsas muchas veces se suprimen de la mesa.

Aquello condujo a otra copa de vino, un café espresso doble para cada uno y un tiramisú para terminar la comida. Eso debió habernos provocado un sueño profundo, por lo que en vez de regresar a la playa decidimos retirarnos a la tranquila comodidad de la habitación de Gaia.

Arrojamos los bañadores al suelo y comprobamos que, en efecto, la ducha era lo suficientemente grande para los dos.

Lo único necesario para taparnos durante una siesta por la tarde fue una sábana ligera, repleta de comida y cubierta de emoción. Dormimos profundamente hasta ahora mismo, más o menos las seis en punto. Te fuiste a la ducha otra vez, en esta ocasion evitándome con ese dedo acusador, y me hallo sentado en la cama para escribir apresuradamente algunas reflexiones.

-¿Por qué no te duchas?-gritaste tras la puerta, ligeramente abierta.

Mientras iba hacia tu posición, asomaste la cabeza por la puerta y dijiste: "¿No crees que encontrarás ropa limpia y cosas para afeitarte si vuelves a tu habitación?"

-Podría traerlas aquí-sugerí con una sonrisa pícara.

Ese dedo acusador tuyo me apuntó de nuevo.

DIARIO DE MIKE –19 DE SEPTIEMBRE DE 1988

Vale Mikey, ya puedes respirar tranquilo. Kat me acaba de decir que no está embarazada. No es que no quiera niños, ¡pero hombre, aún no! ¡Uff!

Me llevó un rato encontrar el diario porque ya lo había cambiado de la mesita de noche al estante de libros. Pero no quise dejar la anotación que hice sin una explicación.

Aunque con Katherine, ¡sin duda espero tener hijos!

CARTA DE GAIA – 4 DE SEPTIEMBRE DE 2006

Mi querido Danny:

Ahora mismo te estoy escribiendo desde Kabul. Supongo que esto es una sorpresa para ti, pero trataré de explicártelo. Esto no tiene nada que ver con mis estudios sobre los sistemas de gobierno medievales.

¿Recuerdas aquel debate que tuvimos sobre la construcción de nación y la evolución de los sistemas de gobierno?

Bien, no estoy aquí por ser estudiante, porque no lo soy, al menos ya no. Sin embargo, mi interés en los sistemas de gobierno a nivel nacional y subnacional ha sido un tema principal desde la secundaria. A través de su experiencia, mis padres me enseñaron a desconfiar de las promesas de los dirigentes pero también a tener esperanza en que los sistemas políticos y sociales adecuados servirían a los intereses de toda la gente. Pero no es esta la razón por la que te escribo hoy.

He vuelto a Positano varias veces desde que te conocí. Piero me ha contado que tú también estuviste allí y me preguntó si quería contactar contigo. Cuando estuvimos juntos no intercambiamos el número de teléfono ni la dirección, y sé que me marché un día antes, probablemente solo unas horas antes, de que compartiésemos esa información.

Cuando estábamos juntos el mundo exterior no importaba, así que los números de teléfono y las direcciones tampoco importaban. Además uno de los motivos para dejarte tan pronto fue evitar el momento de la verdad, ese momento en el cual me vería obligada a contarte más cosas sobre mí antes de sentirme capaz para ello, el momento en el que me preguntarías números de teléfono y todo sobre mí.

¿Cómo me hubiera negado? Y sin embargo, ¿cómo pudiese haber accedido?

Estoy segura de que la mayor parte de esto no tiene sentido, pero todo se aclarará.

Me encuentro en Kabul para cumplir con algunos asuntos personales. Ha costado mucho tiempo llegar hasta este punto y es algo en lo que debo centrarme. Y tú no puedes estar aquí conmigo.

Es casi como si ella anticipase mis preguntas y mantuviese una conversación sin estar yo en la habitación.

No obstante, creo que esto no me llevará mucho tiempo y espero volver contigo y que después estemos juntos.

Te amo para siempre,
Gaia.

DIARIO DE GAIA −16 DE JULIO DE 2004, AL ANOCHECER

Vale, aquello fue repentino. No el hecho de tener relaciones (eso fue lento y precioso).

Era la relación en sí misma. Siempre he sido un poco reservada, pero Danny me arrastraba. Este regresó a su habitación para darse una ducha antes de las celebraciones de la tarde noche. ¿Por qué está tardando tanto? ¡Pensé que yo era la lenta!

Para que lo sepas, conciencia de papel, esta es la primera vez para mí. Vale, no me refiero a tener hombres en mi vida, sino al amor y el romance. Me gustaría olvidarlo en la atmósfera de Positano (eso me facilitaría seguir con mi plan), pero no es solo eso. Es él.

Aunque tengo que reírme. No es solo él; también soy yo. Me siento distinta, incluso siento que me relaciono con él de manera diferente. No es solo que encontrase a alguien con quien encajo a la perfección. He encontrado a alguien que me hace ser mejor, más feliz y más interesante. Y que me hace mirar al futuro.

Siempre que Danny esté en él.

Sin embargo, hemos caído un poco en la rutina, una rutina encantadora. Despertarnos, vestirnos para ir a la playa, tomar un almuerzo largo y sin prisa a la sombra, pasear por las colinas que rodean Positano y relajarnos en atardeceres llenos de diversion, música y comidas exquisitas. Todo ello acompañado con vino.

Esto también es gracioso; de la misma forma que es bueno el limoncello de aquí (y es extremadamente bueno), disfruto tomando una copa tras otra del vino local con las comidas o entre comidas.

Los días se enfrían con copas frescas de vino Fiano y se calientan con nuestros cuerpos.

Esta tarde noche sera más de lo mismo (¡Sí, por favor!) y tendré a Danny solo para mí otra vez.

Esta vida no se puede terminar jamás. Tengo que asegurarme de que eso no ocurra. Me pregunto si él sentirá lo mismo que yo.

17 DE MAYO DE 2007

Me llevé la copa manchada de vino a la nariz otra vez. Pensando que aún podría oler el vino, imaginé que estábamos sentados juntos en la cama.

Acababa de beberme la copa entera mientras Gaia se reía de mí con ganas. Ella también inclinó su copa hacia sus labios y, de un trago, la vació.

Riéndose tontamente por el esfuerzo, una pequeña gota de vino se deslizó por la comisura de sus labios. La atrapé con el dedo, que esta besó mientras estuvo en su boca.

Nos tumbamos suavemente sobre las frías sábanas, mi brazo cubrió su vientre y nos besamos lentamente. Pero, cuando pensé que nos quedaríamos en esa postura, ella se enderezó de pronto.

-¡Olvidé que he dejado la plancha encendida en mi habitación!-dijo.

"Oh, Dios mío, qué sincronización tan horrible", pensé.

Retiré mi brazo y retrocedí para dejarla escapar, pero ella no se movió. Mientras yo fruncía el ceño y hacía el típico gesto italiano con las palmas de las manos hacia arriba y los dedos juntos de "¿qué dices?", ella se rio y tiró de mí hacia ella.

-Es broma-me susurró al oído.

Pocas cosas me hacen sonreír hoy, sin embargo ese recuerdo lo conseguía. A ella le gustaba tomarme el pelo y como yo era tan serio muchas veces me pillaba desprevenido. Así que pese a mi desdicha actual, sonreí. Aquella tarde lo hice con hambre en el rostro; hoy lo hago con determinación y esperanza.

Metí la mano en la caja y saqué otra carta, la siguiente en el montón. Esta tenía fecha del 16 de noviembre de 2006. Casi no soportaría leerla. Dijera lo que dijera, a estas alturas había llegado a la conclusión de que no serían buenas noticias.

Gaia la escribió hace tan solo ocho meses, tras más de dos años de diferencia. Ella mantuvo esta correspondencia durante nuestra ausencia aunque nunca compartió las cartas conmigo. Es decir, hasta que le dejó a Piero esta caja de misterios.

Sabiendo que las cartas habían abarcado tantos meses y que cada una me revelaba más cosas sobre ella, y sabiendo también que esta reciente misiva fue redactada no hace mucho, avancé y abrí el sobre.

CARTA DE GAIA –16 DE NOVIEMBRE DE 2006

Danny, amor, ¿dónde estás? Necesito abrazarte y que me abraces. He regresado a Casa Albertina y a Positano y mantengo la esperanza de encontrarte allí. Después entenderás por qué no pude llamarte al trabajo, pero no sé de qué otra forma puedo hallarte.

Voy a reunir algunos papeles, incluyendo estas cartas, y a pedirle a Piero que los guarde para nosotros. Sí, son para ti y para mí.

¿Recuerdas que te hablé de mi madre y de mi padre? Han sido muy buenos conmigo. La suya no fue una vida fácil, pero me enseñaron la importancia de vivir de acuerdo a una serie de principios y a ser fieles a las metas que nos ponemos en la vida.

Algunas personas dicen que mi padre era un delincuente, pero no es cierto. Todo se confunde en este mundo loco; ¿quién puede determinar quién es un delincuente y quién no?

Durante el tiempo que pasamos juntos llegué a conocerte y a conocer tu corazón. Eres una buena persona, Danny, alguien a quien pude amar y respetar. Y el mundo te amará y te respetará, aunque al final somos solo dos personas insignificantes. Dos personas con una misión a realizar en el mundo pero que todavía desean vivir una historia de amor juntas.

Siento que me estoy yendo por las ramas y quizá no ayude mucho. Pero quería decirte que te encontraré, o tú me encontrarás a mí. Y estaremos juntos en Positano.

Te amo más que a mi vida,
Gaia.

DIARIO DE MIKE – 1 DE AGOSTO DE 2003

Vale, Kat tenía razón. Hemos traído a nuestra hija aquí, a Positano. Serena nació pocos años después de casarnos. Había escuchado historias sobre nuestra luna de miel en Casa Albertina y ahora (tiene once años) decidió que le gustaría conocerlo.

Este lugar es tan bello y mágico como lo recuerdo hace quince años. Serena se puso de pie entre Katherine y yo en el balcón del hotel y juntos oteamos el horizonte y contemplamos la maravillosa puesta de sol.

-Esto es muy bonito-dijo Serena. Un eufemismo bien pensado de una niña demasiado joven para apreciar por completo que esto, la costa Amalfitana, era el lugar más hermoso del mundo.

Nos quedaremos un par de días tal como hicimos Kat y yo hace años, nadaremos en el Mediterráneo, comeremos platos de pescado extraños y saborearemos muchas copas de vino. Incluso dejaré que Serena tome un poco; en Europa a los niños no les dicen que teman al vino, les enseñan a respetarlo y a disfrutarlo.

Incluso hoy, mientras conducía nuestro coche de alquiler por la ajustada, estrecha y sinuosa tira de carretera aferrada a los acantilados de Amalfi, los maravillosos paisajes se extendían bajo nuestros pies y provocaron signos de asombro en mis dos chicas. Los neumáticos del coche chirriaron un poco, pero no se debía a la velocidad; estaba muy nervioso para ir a más de 40 kilómetros por hora en este lugar. Tal vez los neumáticos sean viejos o estén desgastados. Y el ruido del caucho contra el asfalto no ayudó mucho a que Kat y Serena se calmaran.

-Mike, tienes que ir más despacio-dijo Kat.

-Si voy más despacio los coches de atrás se volverán locos.

Katherine miró por encima del hombro y comprobó que había tres pequeños coches italianos más, probablemente todos Alfa Romeos, y sus conductores parecían estar perdiendo la paciencia con este norteamericano.

-Está bien, pero ten cuidado-zanjó.

Lo tuve, y quería seguir así, pero mientras los ojos de Kat y Serena estaban puestos sobre el reluciente mar bajo nuestros pies, los míos estaban atrapados en la línea blanca y retorcida de la carretera que tenía ante mí.

Llegamos a salvo (por supuesto) y aparqué el coche en el lugar asignado para el hotel. Sacando el equipaje del maletero, miramos hacia la cuesta que iba hasta la entrada de Casa Albertina. Con el paso de los años (y el envejecimiento) había olvidado la subida que implicaba llegar a nuestro pequeño trozo de paraíso.

-¿Vamos a subir hasta ahí?-preguntó Serena, señalando la fachada del hotel con el dedo índice derecho.

Yo asentí, Katherine suspiró y partimos. Habíamos subido la mitad del camino (parecían varios cientos de pasos) cuando Umberto bajó corriendo las escaleras a nuestro rescate.

- *Buon giorno*-dijo saludándonos con más energía de la que yo podía reunir.

-¿Cómo sabías que íbamos a venir?-pregunté.

Umberto me miró, bajó los hombros, y con una respiración fuerte y pesada imitó a alguien que subía sin aliento. Todos nos reímos, sobre todo Serena, pero hicimos el resto del camino sin demasiados problemas.

-*Cena é alle otto*-dijo Umberto, la cena es a las ocho.

- *Sì, d'accordo*-respondí conforme. Disfruté mostrando el poco italiano que sabía por lograr el aprecio de mi hija.

-Pregúntale cómo decir, ¿qué tiempo hará mañana?-dijo Katherine.

Serena me miró de manera expectante aunque solo pude burlarme de Kat por arruinar mi demostración. Todo padre quiere impresionar a su hija, si bien sabemos que más adelante ella superará esa fascinación. Solo quise que mi hija siguiera impresionada un poco más.

-En realidad, Serena-siguió hablando Katherine-el italiano de tu padre, aunque no es perfecto, nos llevó por el aeropuerto y la estación de tren, y probablemente también te deslumbre esta noche en la cena con su selección de platos.

Me di cuenta de que Kat solo trataba de suavizar su provocación, aunque lo agradecí.

De modo que esta noche, mientras contemplamos el mar Mediterráneo, los árboles, la vegetación y los limoneros que se concentran en las cuestas tanto arriba como abajo, y la luz carmesí del sol mientras abraza el horizonte acuoso, estoy en paz. Mi esposa y mi hija están conmigo en este lugar glorioso y nada podía ser mejor.

Quizá soy el hombre más feliz del mundo. Supongo que Positano tiene ese efecto sobre uno.

MI DIARIO – 17 DE JULIO DE 2004, POR LA MAÑANA

Nada podía cambiar lo que sentíamos. Pasamos un atardecer y una noche fantásticos, repletos de comida, vino y amor. Aunque ya no estoy seguro del orden de importancia, la comida y el vino seguramente se añaden al gozo intenso del día.

Estoy sentado en la cama otra vez, en la habitación de Gaia, mientras esta se ducha. Prefiero estar allí con ella, aunque dice que necesita tomarse en serio su arreglo por la mañana.

-Las duchas de la tarde son diferentes-me recordó con una sonrisa pícara.

Así que ocupo los minutos que pasan lentamente con mi diario. ¡Ay, hermana, si tú hubieras sabido lo que estas páginas registrarían!

Sé lo que pienso de Gaia (ella es algo así

como el futuro de mi vida en una fotografía) pero en realidad desconozco lo que ella piensa sobre mí. Vale, creo que sí lo sé. Indudablemente está lo bastante interesada como para compartir su cama conmigo. Y hemos pasado juntos cada minuto posible durante los últimos dos días y medio. Vaya, parezco un niño, contando los días en fracciones.

Y Gaia dijo algunas cosas muy estimulantes: "No nos adelantemos; quiero que esto dure" es mi favorita.

Sin duda es una mujer con la que podría construir mi mundo. Es estudiante de historia, así que tenemos eso en común. [NOTA mental: pregúntale por qué se llama Gaia, ¿sus padres son griegos?] Sea de donde sea ella, tendré que descubrirlo.

Lo gracioso es que aún no sé a qué universidad va.

Anoche durante la cena, cuando surgió ese tema le pregunté sin rodeos. Quería tener el mapa geográfico correcto para saber si tendríamos una relación a larga o a corta distancia. Pero cuando le pregunté, ella le dio la vuelta al tema.

-Trabajas para el Estado, ¿verdad? ¿En Washington?

-Bueno, no, ahora mismo estoy destinado en

Afganistán-mencionar aquella palabra fue como trazar un nubarrón sobre el momento que compartíamos. Sacudí la cabeza para disiparlo.

-¿Pero volverás a Washington?

-Sí, probablemente, cuando termine aquí.

-Ah-pronunció con un leve encogimiento de hombros-Bueno, eso será a larga distancia-no podía saber si se refería a Afganistán, a Nueva York o donde fuese que viviera.

Antes de que yo pudiera forzar la pregunta extendió la mano sobre la mesa y me acarició el dorso de la mano con sus dedos. Eso me distrajo tanto que decidí dejar las preguntas por ahora y disfrutar del momento.

Ahora escucho a Gaia en el baño. Está fuera de la ducha (mi mente evoca pensamientos inmorales sobre su estado de vestimenta) pero después oigo el secador de pelo en marcha. Está tarareando algo que no reconozco.

Si tuviera que cambiar algo de anoche sería que hubiésemos pedido menos comida. Eso suena extraño en Italia, tierra de la abundancia, pero por mucho que disfrutemos de todo, la recompensa parece hacernos dormir a los dos. No es que la cama sea un lugar desagradable...

Sí, supongo que el vino también tiene que ver con eso. Le pregunté a Gaia si se había pasado del limoncello al vino.

-Había oído que los limones de Sorrento son el mejor limoncello, así que decidí comprobar la teoría-respondió ella, en un tono casi profesoral-comprobar la teoría.

-Pero el vino también es muy bueno...el Fiano, el Greco, el Solopaca...-continuó diciendo. Gaia había probado tantos que se quedó con el primer nombre de los grandes vinos blancos de la región. No los llamó Fiano di Avellino y Greco di Tuffo, solo Fiano y Greco, como si estos fueran nuevos amigos que pensaba invitar a su próxima fiesta.

-Creo que quizá el vino sea más sereno para sentarse y tomar durante un periodo de horas. Siendo tan bueno como el limoncello, no pega con la comida-dije.

Mis preferencias siempre iban hacia el vino tinto, como el Falerno y el Taurasi que había estado tomando, pero tenía que admitir que los vinos blancos frescos de Campania eran la mejor elección al calor del sol de verano.

Vale, ahora el secador está apagado y ella sigue tarareando.

-¿Qué estás haciendo ahí dentro?-pregunté.

-Asegurándome de que estoy tan bien como me recuerdas-respondió.

De acuerdo, sin problemas.

-Vuelve a la cama-sugerí. Eso provocó una respuesta.

Ella asomó la cabeza por la puerta y me lanzó una mirada fulminante.

-Me prometiste que hoy iríamos a Ravello. ¿No vas a cumplirlo?

-Sí, claro que lo haré, solo pensé que...

Ella no me dejó escapatoria. Tuve que aceptar una vez que logré borrar de mi mente la imagen del cuerpo desnudo de Gaia; estaba deseando ver esa ciudad en la cima de la colina de la que tanto había oído hablar.

Una vez más Gaia asomó la cabeza por la puerta del baño.

-¿Qué estás escribiendo?

-Eh, nada-dije mientras cerraba rápidamente el diario.

No le había dicho que estaba tomando notas, y aunque el contenido de mi diario no podía ser más íntimo que los momentos que Gaia y yo pasamos juntos, los pensamientos que escribí ahí eran muy personales para revelarlos. Entonces supe que había cometido un error al traer el diario desde mi habitación para poder estar más tiempo con ella. De modo que le dije que regresaba a mi habitación para ducharme y vestirme.

-Ya es hora de que te vayas-dijo en un tono burlón.

DIARIO DE GAIA –17 DE JULIO DE 2004, POR LA MAÑANA

Danny ha vuelto a su habitación para darse una ducha y vestirse. Hoy vamos a Ravello, un lugar sobre el que leí antes de venir a Positano. Es un pueblo antiguo situado en las cuestas de la costa Amalfitana a más altura de la que estamos ahora.

Yo tenía toda la intención de llegar allí antes (no sé cómo; ¡no tengo coche!) pero Danny ha ocupado gran parte de mi tiempo. Ja, ja, ¡no me quejo! ¡Me encanta! (últimamente he usado mucho la palabra "amor").

De modo que aquí estoy contigo, mi pequeño diario. ¿Qué quieres saber? ¿Que soy feliz, que estoy enamorada y que todo en el mundo de pronto parece justo y bonito?

Vale, todo eso es cierto. Y es gracias a Danny.

Los últimos días han sido una espiral de comida, bebida y amor. Soy una persona muy seria, vale, quizá demasiado seria, y no suelo relajarme como lo hice aquí.

Positano es un lugar excelente donde todas las actividades se centran en vivir bien. No me quejo.

Lo que quiero decir es que no hay biblioteca, no hay trabajo que hacer, no hay industria e indudablemente tampoco hay gobierno (los italianos probablemente dirían que no tienen gobierno en ningún lugar del país). Hay tiendas, restaurantes y bares, y supongo que hay más tiendas de conveniencia para los vecinos, pero en los últimos tres días no me he sentido inclinada a pensar o a realizar algo que fuese esencial.

Vaya, lo siento Danny (está bien, nunca leerás este diario). No quise decir que nuestra relación no fuese importante. Pero si alguien quiso alguna vez pasar las vacaciones donde todos los días fuesen realmente como unas vacaciones, ¡este es el lugar!

El sol, la brisa, el olor del mar, el sonido de las olas que se desvanecen en la orilla...todo se une para conseguir que un día lento parezca el mejor momento de tu vida. He estado en otras playas y he disfrutado nadando en todas, desde el Atlántico hasta el Pacífico, el mar Muerto y ahora el Mediterráneo. Pero ningún pueblo costero me ha dejado tan contenta como ahora.

Vale, ¡gracias otra vez, Danny!

De todas formas escribiré más cosas sobre Ravello cuando hayamos regresado de nuestra excursión. Eso si tengo algún momento de privacidad para escribir. Estos breves apuntes son importantes, pero también lo es el tiempo con Danny.

Nota mental: tengo que contarle qué estoy haciendo aquí.

17 DE MAYO DE 2007

Arrojé la carta sobre la cama y salí a la terraza. No podía soportarlo más. Necesitaba un trago e imaginé que podría pedírselo a Piero o a Umberto, o a quien estuviese en recepción.

Vale, no había nadie en la recepción. Miré a mi alrededor, a la izquierda y a la derecha, y escuché un estruendo de aplausos que venía del cuarto de atrás. Yendo hacia allí, vi al cocinero y a los camareros reunidos alrededor de una mesa mirando fijamente la television. Había un partido de fútbol y la atención de la gente estaba puesta en la pantalla.

Umberto apareció por detrás.

-Signor Danny. ¿Puedo ayudarle?

Se escuchó otro estruendo desde el cuarto de atrás. El equipo local debe haber marcado.

-Sí, Umberto. ¿Me traes una botella de vino?

-Aglianico, ¿*corretto*?

-Sí. Un Aglianico sería perfecto.

Umberto fue al cuarto de atrás y volvió con una botella, una copa y un sacacorchos en la mano. Las protestas y silbidos estallaban en dicha sala trasera acompañados de llamativas palabras de condena hacia los árbitros cegados sobre el terreno de juego.

Poniendo la botella sobre el mostrador de la recepción, Umberto metió el sacacorchos con mucha facilidad y sacó el corcho del cuello de la botella. Le dio la vuelta a la copa sin tallo, la colocó sobre el agujero de la botella y me entregó todo eso.

- *Grazie*-dije, y regresé a mi habitación.

Tras haber cerrado la puerta, me acerqué a la abertura y a la barandilla de piedra que rodeaba mi balcón. Llené la copa de vino, di un sorbo y después me lo bebí todo. Me sentó bien y surtió efecto inmediatamente. No tuvo un efecto soporífero aunque tomar el contenido de la copa me ayudó a descansar. El efecto del alcohol llegaría muy pronto.

Apoyé las manos en la baranda redondeada y me incliné un poco para ver el valle y la playa bajo mis pies. Los barcos de pesca se balanceaban entre las olas junto a las cabezas flotantes de padres y niños que jugaban en el agua. Era media tarde, por lo que el sol aún estaba en lo alto y proyectaba sus cálidos rayos sobre mi rostro.

Una brisa soplaba desde la colina a mis espaldas y silbaba a través de las ramas de los árboles aferrados a esta cuesta. Los brillantes colores verde y amarillo que señalaban la cúpula de la catedral de Positano se reflejaban a la luz del sol y bailaban en los intersticios de las nubes que pasaban.

Al girar a la izquierda pude ver todo Positano. Seguía siendo tan mágico como hace tres años, aunque la ausencia de Gaia convirtió mi sensación en algo que no soy capaz de describir.

Mi atención fue captada por un golpe en la puerta, así que me retiré al interior de la habitación para atender la llamada. La sirvienta estaba allí y traía toallas limpias pero también llevaba una bandeja con comida. Esta contenía una cesta con pan local, varios trozos de queso, un cuenco de aceitunas y un pequeño plato de higos frescos.

- El signor Piero le da las gracias por venir a Casa Albertina-dijo ella en un inglés memorizado.

Llevé la bandeja a la terraza y la puse sobre

la mesa junto a la botella de vino. Pensando qué tomar primero, alcancé la botella, llené otra copa y me la llevé a los labios. Esta vez fui un poco más paciente, dejando que el vino se deslizara lentamente por mi lengua y bajara por la garganta, en vez de tragarlo como hice anteriormente.

Tomé Aglianico entonces y ahora es mi vino tinto favorito. Sus sabores naturales y sus tonos delicados me recuerdan todas las cosas buenas y excelentes del vino. No es una bebida intelectual aunque tampoco es una bebida rústica. Tiene muchos nombres, como Aglianico del Vulture y Aglianico del Vesuvio, dedicados a lugares de esta región. La botella que tenía sobre la mesa en aquel momento no contenía un rasgo distintivo tan especial.

Y esta quizá era la razón por la que estaba tan bueno. Necesitaba un poco de vino, algo para calmar mi alma. Y el Aglianico lo consiguió. Ya sabía que esta botella no tendría que ser encorchada de nuevo esa noche.

Tras probar un poco de los comestibles que trajo la sirvienta, volví a la caja que Gaia me había dejado. Quedaba una carta con fecha del 12 de febrero de 2007. La moví de un lado a otro, como si fuese un abanico, meditando no si debía abrirla, sino más bien cómo lidiar con su contenido. Esta era la última de sus misivas y yo, sin saber cuándo añadiría ella la siguiente (o cómo, ahora que yo tenía la caja), me pregunté cuánta información contendría.

Podía haber dos motivos por los que esta fuese la única carta que quedaba. O bien Gaia me decía en la misma que esta sería la última y luego quizá me lo contaría todo para que no tuviese que preguntarme ninguna cosa más, o esta no era la última carta, solo la más reciente. Fue escrita solo unos meses atrás y con frecuencia había espacios de meses entre las fechas de sus cartas. Espero que este haya sido solo el último de una serie de mensajes aún incompletos.

CARTA DE GAIA –12 DE FEBRERO DE 2007

Querido Danny:

Ahora puedo contarte más cosas según se acerca el momento, ya que no quiero que te preocupes. Todo irá bien.

Escribo esta carta desde una mesa en Da Vincenzo, el pequeño restaurante en el que comimos el 15 de julio de 2004. Incluso estoy en la misma mesa que entonces y creo que hasta el dueño me reconoce. Es algo gracioso.

Nuestra cena allí fue tan maravillosa como aquella noche. Nunca lo olvidaré. Sin duda fue divertido y emocionante, pero ese anochecer contigo y las demás horas que pasamos juntos me convirtieron en una persona realizada. Nunca creí que una mujer necesitase un hombre para sentirse realizada, y sigo sin creerlo (al igual que no creo que un hombre necesite una mujer para realizarse), pero sí creo que amar a alguien y ser correspondido puede provocar la transformación más asombrosa en la vida de una persona. Hay mujeres que aman a otras mujeres y están totalmente felices y realizadas. Hay hombres que probablemente compartan las mismas experiencias, pero para mí...tú eres el amor.

También recuerdo cómo te bebiste todo ese vino aquella noche. ¿Estabas nervioso por mi culpa? No puedo creer que ese sea el motivo. Quizá los dos nos emborrachamos con vino o algo.

Pero prometí dar más detalles. Aquí los tienes. Dispongo de poco tiempo pero creo que podré terminar la historia. Si no, la acabaré en persona. Eso estaría bien, ¿eh?

Me estremecí ante este último comentario. Es todo lo que deseaba. ¿Estaba ella prometiendo que regresaría? Si así era, ¿cuándo? No me importaba su historia. Quería tenerla entre mis brazos.

Mi padre es (era) Ibrahim al Kaatani. Era sufí y no estaba bien visto por algunas personas que profesaban otras creencias de la religión musulmana. Mi madre es Damiana Panos, ciudadana griega.

Ellos se conocieron y se casaron hace muchos años cuando la Península Arábiga era menos conflictiva de lo que es hoy. Lo sé, ha habido guerras en Oriente Medio durante mil años, pero también hubo periodos largos de relativa paz. Al menos el tipo de paz que permitía a la gente viajar dentro y fuera de la región, conocerse y enamorarse.

En mi caso fue mi madre quien viajó hasta Kabul y conoció a mi padre. Justo después de casarse estalló una nueva guerra y mi madre insistió en regresar a Grecia, donde ellos estarían a salvo. Mi padre se entretuvo y se retrasó; no quería abandonar la tierra donde había nacido. En esa época nací yo.

Me llamaron Gaia Kostopolous. ¿Por qué no Panos, o al Kaatani? Como he dicho, eran tiempos difíciles y mi madre siempre temió que yo, ella o todos nosotros pereciéramos. Mi padre se estaba volviendo más rebelde y mamá estaba segura de que eso le causaría problemas.

Tenían peleas muchas veces. Recuerdo crecer con eso. No sin amor, no. Ellos estaban muy enamorados, pero mi madre quería irse, lo necesitaba, y mi padre se negó a ello.

Crecí allí, en una tierra donde se libran guerras casi continuamente y donde las ciudades son arrasadas por la violencia con más frecuencia que las ciudades que son destrozadas por huracanes en Estados Unidos. Desearía que la destrucción de mis ciudades fuese provocada por huracanes. En Afganistán no puedes culpar a Dios ni a la naturaleza para poder aceptar tu destino. Vivir y morir por el capricho de algún loco es mucho peor.

El hecho de que ella mencionara Afganistán me dio escalofríos. ¡Estoy destinado ahí! ¿Cómo podíamos estar en el mismo país y no encontrarnos? Y yo le había dicho que estaba destinado en Kabul pero Gaia evidentemente no se aprovechó de eso para encontrarme.

El mayor miedo de mi madre se hizo realidad un día. Mi padre, siempre rebelde, fue abatido a tiros en la calle por Abdul Amir al Ramadi. Yo solo tenía diez años en ese momento.

Fue entonces cuando mamá me explicó por

qué me habían dado el apellido Kostopolous. Ella quiso tapar la conexión con mi padre para protegerme. Siendo yo una niña, con un nombre distinto y viviendo ahora en otro país, sentía que yo estaba a salvo. O pensó que cuando el tiempo hubiese pasado la conexión entre mi querido padre y yo se perdería.

Al Ramadi era un hombre despiadado. Se consideraba a sí mismo un líder del movimiento islámico en una lucha interminable contra el imperialismo occidental. En realidad él no fue demasiado importante durante mucho tiempo, tan solo un autoproclamado señor de la guerra con un seguimiento mínimo. Sus carencias de apoyo y reconocimiento las compensaba con un trato brutal a sus enemigos, o aquellos a los que percibía como tales.

Mi padre había discutido con al Ramadi en el pasado. Frecuentaban el mismo círculo del islam en Kabul aunque no estaban de acuerdo con la interpretación de sus doctrinas. Mi padre no estaba contra Occidente, al menos no contra la sociedad y sus instituciones. Mi padre quería que Occidente, en concreto Estados Unidos, mostrase más respeto por las tradiciones del sufismo y el islam en general; al Ramadi quería que Occidente ardiera en llamas.

Las discusiones entre los dos hombres se intensificaron progresivamente con los años hasta que al Ramadi decidió zanjar el tema del único modo que su mente estrecha podía imaginar. Rodeado por varios de sus seguidores, al Ramadi se acercó a mi padre en la calle. Mi padre estaba desarmado y desprotegido; no buscaba problemas. Pero debió haber sabido lo que le esperaba cuando se encontró con al Ramadi armado y flanqueado por otros hombres armados.

Por lo visto al Ramadi le gritó algo a mi padre; nunca me dijeron qué fue exactamente. Mi padre aguantó, discutió y se giró para marcharse. Al Ramadi levantó un rifle, apuntó a la espalda de mi padre y disparó un torrente de balas que le atravesaron el cuerpo. Cayó desplomado mientras su sangre brotaba y se derramaba desde docenas de heridas de bala.

Yo estaba cerca y fui testigo de todo aquello.

Cuando mi padre se desplomó, su cabeza golpeó el suelo y su rostro quedó mirando hacia donde estaba yo. En el último destello de vida que se le escapaba, mi padre parpadeó una vez hacia mí. Esa fue su última muestra de amor. Su último instante en este mundo.

MI DIARIO –17 DE JULIO DE 2004, POR LA TARDE

Tras el desayuno Gaia y yo caminamos la corta distancia que nos separaba del coche de alquiler que había escondido en el aparcamiento del hotel. Entré en este, me puse el cinturón de seguridad y después mire a Gaia.

-Será mejor que te pongas el cinturón-le dije-Conduciré con cuidado, pero no podemos tener la certeza de que esta pequeña carretera no nos sorprenda en cada curva.

Sonriéndome, ella hizo lo que le indiqué.

La carretera hasta Ravello se extendía sobre los acantilados rocosos y la costa este de Positano, por muchos de los mismos carriles en los bordes por los que transité durante mi viaje desde Sorrento hasta el hotel unos días antes. Llegó un momento en el que comenzamos a subir la montaña en un breve aunque pintoresco viaje hasta el centro de Ravello.

La antigua ciudad en sí se situaba en lo alto de la montaña con una vista clara e infinita del Mediterráneo, que se extendía a lo lejos. Aparcamos el coche en un lugar bueno del centro de la ciudad y después fuimos caminando hasta las afueras para contemplar las vistas.

Nos esperaba una vista impresionante (quizá incluso mejor que la de Positano). La ciudad en sí es bastante grande, se extiende por caminos y plazas, de este a oeste, aunque nosotros estábamos en el centro, cerca de Duomo Ravello y Piazza Centrale. Este es el centro de la vida en Ravello, y el cielo azul cristalino y el sol radiante iluminaban los edificios de piedra y las sombrillas de colores de las cafeterías que nos rodeaban.

Pasamos una tarde haciendo turismo por la ciudad, deambulando por calles empedradas y bajo arcos romanos que parecían unir los edificios y también mantenerlos a distancia. El Duomo Ravello, la iglesia más importante de la ciudad, es algo muy sencillo, con un exterior encalado y una entrada modesta. Pero los mosaicos que hay en su interior son maravillosos, magníficamente realizados en siglos pasados.

Gaia señaló Il Ducato di Ravello en el mapa

y después oteó a nuestro alrededor para encontrarlo.

-Tal vez ducato significa duque. Podría ser la antigua residencia del monarca-dijo.

Cuando lo encontramos nos reímos porque aquello en realidad era un hotel, no una residencia de la realeza. Sin embargo, Gaia no se rendiría.

-Muchas antiguas casas reales se convierten en hoteles. Este probablemente sea uno de ellos-zanjó en defensa de su argumento.

Cuando lo busqué en Google en el internet de mi teléfono y le mostré que aquello solo era un hotel, además muy bonito, esta se encogió de hombros, me dio su sonrisa más encantadora y cambió de tema.

Se nos abrió el apetito y nos detuvimos en Giardini Caffé Calce, un local que tenía buena pinta desde afuera y cuyos olores emanaban desde la puerta abierta. Nuestra hambre fue premiada con excelentes platos de pasta, jamón dulce y espárragos a la parrilla que ambos juramos que jamás olvidaríamos.

Tras un largo día de caminata nos abrimos paso hasta el coche de alquiler y nos fijamos en un gran teatro y en un templete situados a las afueras de la ciudad, con vistas al mar Mediterráneo muy a lo lejos. Cuando preguntamos de qué se trataba aquello nos dijeron que se celebraba el Festival Wagner, un evento anual en Ravello para conmemorar a uno de los muchos grandes músicos y artistas que encontraron esta ciudad irresistible.

-Se quedan al concierto de esta noche, ¿verdad?-nos preguntaron.

Lamentablemente no nos quedamos, aunque Gaia propuso alargar nuestra visita unas horas más. Meditando las muchas opciones posibles, decidimos que nuestras piernas y pies necesitaban descansar un poco y regresamos a Casa Albertina.

DIARIO DE GAIA –17 DE JULIO DE 2004, AL ANOCHECER

Acabo de salir de la ducha y decidí dejar que mi cabello se secase al aire. El secado a máquina funciona mejor, pero ese aspecto casi animal de algunas mujeres italianas me convenció para probar la apariencia más natural posible. A ver si funciona.

Danny se está dando una ducha en su habitación, así que puedo pasar un poco de tiempo a solas contigo. Hoy estuvimos en Ravello, ¡qué lugar tan increíble! Las vistas desde lo alto sobre el Mediterráneo, los pequeños y bonitos caminos y las mesas y sillas de colores claros de las cafeterías. Podía (podíamos) haber pasado toda la vida allí.

De hecho descubrimos que allí se celebra un

festival de música durante el verano. Algunas personas lo llaman Ravello Festa y otras lo conocen como el Festival Wagner. Parecía algo genial y quisimos quedarnos, pero ambos teníamos los pies (¡y los zapatos!) machacados y necesitábamos regresar a Positano para una siesta.

¡Con Danny!

Además tengo algo que hacer y aún no puedo hablar con él sobre ello.

CARTA DE GAIA – 12 DE FEBRERO DE 2007 (CONTINUACIÓN)

Mamá salió corriendo a la calle y vio a mi padre yaciendo sobre los escombros. Yo aún me encontraba en pie a la sombra, una posición que ella me había enseñado a tomar en esta ciudad devastada por la guerra; después me agarró y volvió corriendo al interior.

Una vez fuera de peligro, mi madre se arrodilló frente a mí y me miró directamente a los ojos. Los suyos estaban llenos de lágrimas; los míos estaban secos y yo me hallaba en estado de conmoción. Mama me habló de los esfuerzos que hizo mi padre por la paz y la aprobación de los demás, de cómo se había enfrentado con valentía a aquellos que deseaban la guerra en lugar de la paz, y de cómo había predicado que las costumbres occidentales deberían dejarse en manos de los occidentales, al igual que se debería permitir a los orientales ejercer sus propias costumbres.

Se secó las lágrimas con un movimiento brusco del brazo y después siguió hablando.

-Tu padre, Ibrahim al Kaatani, era un buen hombre. Nació en el lugar correcto pero en el momento equivocado. Yo no hubiera tenido un marido tan brillante como él y tú no hubieses tenido un padre cariñoso y devoto si él hubiese nacido en el momento que coincidía con su espíritu. De hoy en adelante serás conocida solo como Gaia Kostopolous. No mencionarás a tu padre ni tampoco a mí-dijo.

Ella me estaba confundiendo. Incluso a mi corta edad sabía que la guerra había sido casi constante y que las peleas entre los clanes eran interminables. Separarme de mi padre, cuyas doctrinas fueron la causa de su ejecución según mi madre, tenía sentido, pero, ¿por qué tenía que renunciar también a mi madre?

-Te mando a la casa de mi hermana en Atenas-dijo- Al Ramadi sabe quién soy pero apenas sabe quién eres tú. No me permitirá viajar; sus hombres se asegurarán de ello. Pero si yo tratara de viajar contigo él también te encontraría a ti.

-Debes irte antes de que él descubra quién eres. Estarás a salvo en Atenas. Mi hermana te cuidará y yo vendré a por ti en poco tiempo, cuando al Ramadi se olvide de ti y mire para otro lado. Será entonces cuando busque una forma de escapar de Kabul y estar contigo-siguió diciendo.

Mamá me observó con seriedad, mirándome a los ojos como para que le confirmase que había entendido lo que me contó y que lo cumpliría. Sus ojos estaban al borde del llanto, rebosando lágrimas tan fuertes que parecía que ella no se rendía.

Jamás volví a ver a mi madre desde aquel día. No vino a Atenas a recogerme y nunca escuché nada sobre su paradero. Dudo que pudiera escapar de Kabul, si así fuera se habría reunido conmigo.

Aquella tarde ella me metió en el autobús y le dio indicaciones al hombre que estaba sentado junto a mí. Este era amable y simpatico; pareció que la conocía y que estaba dispuesto a ayudar a mamá a sacarme del país. El conductor me puso en una fila en la parte trasera del autobús y extendió una manta sobre mis piernas porque estaba temblando. Este no podía saber que aquello no era por el frío, sino por la pérdida que acababa de sufrir.

Tras un largo viaje que comprendió dos autobuses, dos paseos en coche por el campo árido y una rápida travesía en barco por las aguas azules del Mediterráneo oriental, llegué al puerto del Pireo, cerca de Atenas. El barco se detuvo en el muelle y los hombres gritaban al capitán y agitaban los brazos para que se dirigiera a otro muelle. Yo era demasiado joven para saber lo que estaba ocurriendo, pero se trataba de otro suceso que parecía alarmante. Supongo que todavía me hallaba en estado de conmoción porque sus fuertes gritos y ademanes parecían tan solo un ruido de fondo en la confusión de sentimientos que se apoderó de mí.

El barco se estrelló un poco, y por fin, el capitán lanzó una soga a alguien que estaba de pie sobre las últimas tablas del muelle. Este individuo tiró con fuerza de su extremo, arrastrando la destartalada embarcación hacia él, y después ató la soga con nudos sueltos a un poste de madera. El capitán se situó en la proa del barco y fue alzando a la gente hasta el hombre que se encontraba en el muelle. Yo fui la última en salir y para entonces, el barco, libre del lastre de sus pasajeros, se balanceaba violentamente sobre las olas que arrojaban los demás barcos. Para terminar su acción, el capitán casi me arrojó a los brazos del hombre que estaba en el muelle. Pero aterricé a salvo.

Había una mujer joven esperando más abajo en el muelle, cerca de la orilla, que se metió entre la multitud de personas. No la conocía, y nunca hubiera sabido si mi tía era ella. Pero cuando levantó su rostro hacia mí pude ver que tenía un gran parecido familiar. Caminé por los duros tablones del muelle y fui directamente hasta ella.

-Gaia-dijo. No era una pregunta sino una afirmación. Ella sabía que yo vendría e incluso en qué barco llegaría y estaba allí para recogerme.

Asentí con la cabeza y ella me envolvió en sus brazos en un rápido abrazo antes de sacarme de allí.

Ese día me convertí en Gaia Kostopolous, de Atenas, e intenté borrar los recuerdos de mi vida anterior como así me ordenó mi madre. Pero Ibrahim al Kaatani y Damiana Panos seguían siendo mis padres, y con todo el amor que mi tía pudiese brindarme, jamás lograría borrar eso.

DIARIO DE MIKE – 2 DE AGOSTO DE 2003

Serena es lo suficientemente joven como para querer jugar sobre las olas pero lo suficientemente mayor como para comprender la belleza casi antinatural de este lugar. Parece especialmente impresionada con todos los colores que conforman el entorno de este mundo: los limones amarillos, los arbustos color verde brillante y las plantas en macetas, el azul profundo del mar y el azul brillante del cielo.

-Esto es como un cuadro, papá-dijo esta mañana.

Pasamos la tarde en la playa, la mayor parte del tiempo simplemente tumbados al sol y empapándonos con sus rayos. Quedarse en esa posición debía parecerle algo muy vago, así que me llevó de nuevo al agua. Kat se mantuvo firme, su sonrisa fija indicaba que aunque le gustaba el agua no merecía la pena estropear su pelo por chapotear en el Mediterráneo.

Así que Serena y yo nos metimos en el agua. Había zonas con gente, niños pequeños y familias divirtiéndose en las olas moderadas de Positano. Buceamos y dimos tumbos sobre el agua. Por un instante traté de levantar a Serena y de arrojarla al agua, pero con once años y siendo alta para su edad aquel truco no fue tan sencillo como antes.

Un barco de pesca navegaba lentamente. Era tarde para que los marineros partiesen, aunque esta embarcación regresaba de faenar durante todo el día. Y pareció que el día había ido bien. Un hombre pilotaba el barco mientras otro separaba la gran cantidad de criaturas marinas que había sobre la cubierta, y un tercero colocó las redes que habían recogido para plegarlas y guardarlas en la popa del barco.

El sol estaba en todo lo alto aunque en este día de agosto no hacía tanto calor como me esperaba. Durante Ferragosto, la referencia italiana para unas vacaciones casi universales en agosto de cada año, la mayoría de los italianos que viven en ciudades se toman un tiempo libre del trabajo, a veces el mes entero, y lo pasan en pueblos costeros como este. Esto es habitual porque hace tanto calor en las ciudades durante agosto que escapar es algo enriquecedor. Aunque este día en concreto fue bastante agradable.

Me advirtieron que viajar a Italia en Agosto podría dejarnos menos opciones de cosas para hacer (algunos museos, muchas tiendas e incluso ciertos restaurantes están cerrados durante ese mes), pero las necesidades de planificación familiar lo exigían. Además, Positano estaba abierto y disfrutaríamos de lo que pudiésemos visitar en Roma, Florencia y Siena. Exprimir este viaje entre los horarios de trabajo y cualquier otra cosa importante; regresar al lugar donde Katherine y yo pasamos nuestra luna de miel, y por último llevar a nuestra hija a verlo, también valió la pena.

Pensé en todo eso mientras veía a Serena balanceándose y buceando a través de las olas, con el pelo mojado y sonriendo a cada rato. Y solté un suspiro de satisfacción al pensar en lo importante que había sido Positano para mi memoria y para mi vida.

Aquí todo parecía hecho para disfrutar de la vida siendo todo tan bueno. Recordar días frenéticos en el trabajo (aunque no era un pensamiento agradable) me llevó a rememorar la importancia que tenía Positano en la valoración general de mi vida. Había muchos retos esperando en casa: pagar una hipoteca, criar a una hija, ahorrar para la universidad...por no mencionar las cosas más aburridas, como arreglar una tubería o un horno, pintar una habitación o cambiar un neumático pinchado de mi coche viejo.

Todas esas cosas parecían algo trivial mientras estábamos en Positano. Las pequeñas pruebas que te pone la vida no solo eran más lejanas sino que además parecían menos importantes, como si las únicas cosas que importaran fuesen aquellas que nos ocupaban aquí, en la costa Amalfitana, a la sombra de Positano.

En este momento estamos haciendo las maletas para marcharnos. Regresaremos a Sorrento, pasaremos allí la noche, después tomaremos un tren hasta Roma y allí tomaremos un vuelo hasta casa. La magia de Positano se quedará aquí pero también la llevaremos con nosotros.

CARTA DE GAIA –12 DE FEBRERO DE 2007 (CONTINUACIÓN)

Danny, mi amor, estaremos juntos otra vez, pero primero debo terminar algo. No puedes venir a donde voy yo y tampoco puedes ayudarme con lo que tengo que hacer.

Gaia no solía ser tan seria, ¿o sí? De repente comencé a preguntarme cuántas cosas no sabía sobre ella. Lo que valoraba de Positano es que aquello parecían unas vacaciones eternas, y quizá ese fue mi error. La vida real existía más allá de sus colinas y playas y la carta de Gaia comenzó a poner esa realidad en primer plano.

No quiero pensar en mis obligaciones ni en todo este tiempo que hemos pasado lejos uno del otro sin que sepas cuánto significas para mí. No esperaba enamorarme en Positano. Me estaba tomando algún tiempo para mí misma durante un cambio importante en el rumbo de mi vida, tratando de deshacerme de las cosas viejas y de prepararme para las nuevas. Pensé que mi futuro estaba resuelto y entonces te conocí.

Estaba dejando atrás mis días sin preocupaciones como estudiante; creo que ya dudaste de mí cuando dije que era estudiante. Me encanta la historia y he estado muy interesada en la política de Oriente Medio desde que tenía diez años, cuando afronté algunas realidades horribles de la sociedad en la que vivía.

Pasé los años preguntándome cómo la religión podía corromper al gobierno y viceversa, contemplando el modelo occidental y el modelo de Oriente Medio, y preguntándome qué partes de cada uno tenían razón.

Estuve varios años en la universidad estudiando no solamente los antecedentes históricos sino también mis propios sentimientos sobre las diferencias entre ambos modelos y el efecto que estas tuvieron en mi vida. Decidí entonces que el modelo occidental que separaba la religión del gobierno era más inteligente y probablemente establecía una sociedad más equilibrada. El modelo que observamos en Oriente Medio se casa con ambos, lo que dificulta que tanto las normas religiosas como los organismos gubernamentales puedan adaptarse a la lenta evolución de la sociedad que las respalda. Pero yo viví en los dos, el modelo de Oriente Medio durante mis primeros diez años de vida y el modelo occidental mientras estudiaba en Estados Unidos y vivía en Grecia.

Lloraba por mi padre y me pregunté continuamente qué le había ocurrido a mi madre. De alguna forma ellos habían renunciado a sus vidas por mí: mi padre me enseñó una forma de vida justa y tolerante y mi madre me sacó de Kabul antes de que las oleadas de violencia me arrastraran.

En los doce años que pasaron desde la última vez que vi a mi madre tuve que afrontar el hecho de que probablemente al Ramadi también la asesinó a ella. Y posiblemente fuese arrojada a una fosa común. Este último capítulo de su vida y la posibilidad de que ella descanse junto a los huesos rotos de otros desconocidos tal vez sean del conocimiento de mi tía, pero son hechos demasiado perturbadores para que me los contase.

Durante años no supe lo que iba a hacer. Te

amo, pero odio a al Ramadi y estuve dividida entre dos mundos. Amor y odio. ¿No hay alguna frase de Shakespeare que me explique todo esto?

Dímelo, querido mío, tú que siempre eres tan bueno con las citas. Cuéntame qué diría sobre mi dilema algún gran filósofo y llévame por el buen camino.

MI DIARIO –17 DE JULIO DE 2004, DURANTE LA TARDE NOCHE

Siento que he pasado toda la vida con Gaia. Sin embargo no puedo imaginarla a ella (ni a mí) en otro lugar que no sea Positano.

Esto ha sido algo extraordinario y parece volverse más extraordinario a cada hora que pasa.

Hace tres días no nos conocíamos. Entonces, como si un cometa hubiera cruzado mi horizonte, la encontré en la orilla de mi mundo. Una conversación sencilla (aunque admito que con mucho miedo por mi parte) nos llevó a la risa y el amor, y a un creciente apego que ahora sé que no puedo permitirme perder. Y haré todo lo que esté en mi mano para asegurarme de que eso no ocurra.

He llegado a la conclusión de que Gaia

siente lo mismo. Aún no tengo pruebas; ella podría estar simplemente disfrutando de unas pequeñas vacaciones romanas conmigo haciendo el papel de Gregory Peck (vale, Gaia es Audrey Hepburn, ¡puedo encargarme de eso!). Pero el tiempo que pasamos juntos es demasiado ardiente y nuestras palabras son muy suaves para no creer que esto es algo especial.

En cualquier caso, Gaia, si alguna vez lees esto, esta es mi declaración: te amo como nunca he amado a ninguna otra mujer. Si me abandonas me romperás el corazón. Si juras quedarte conmigo me harás el hombre más feliz del mundo.

Vale, ya lo he dicho. (Por supuesto sé que en realidad no vas a leer esto, aunque me sentí bien al escribirlo).

CARTA DE GAIA –12 DE FEBRERO DE 2007 (CONTINUACIÓN)

Mi verdadero nombre es Gaia Kostopolous, pero antes de conocernos tomé una decisión sobre el rumbo de mi vida, un rumbo que no puedo cambiar. Algunas cosas son innegociables.

Mi otro nombre es Karimi Istafan y trabajo para tu país, para la CIA.

Con el paso de los años desde el asesinato de mi padre, Abdul Amir al Ramadi se ha vuelto más violento y ha continuado de forma implacable una venganza personal contra todos los norteamericanos, sin importar su edad o género, su culpabilidad o inocencia. Ha asesinado niños, mujeres desarmadas y ancianos lisiados mientras aterroriza al territorio entero y exige que todos los que están allí apoyen su campaña de asesinatos contra los norteamericanos.

Sus seguidores han aumentado y muchos inocentes han sido asesinados por su espada solo por elegir llevar vidas de paz solitaria. Al Ramadi no acepta la paz. Ha dicho en alguna ocasión que espera morir matando al enemigo.

La CIA contactó conmigo. Su información era mejor que la que tenía él y sabían que yo era la hija de Ibrahim al Kaatani, una de las muchas víctimas de al Ramadi. Odio a al Ramadi y deseo verlo muerto, aunque no me había planteado ideas concretas de venganza; solo esperaba que eso se hiciera realidad.

La comunicación con la CIA cambió todo aquello.

Primero el agente se reunió conmigo en Atenas solamente para hablar. Se acercó a mí en un pequeño restaurante griego cuando estaba sola. Aquello fue en el Hotel Areos, cerca de la Galería Katsatsidis Paulos y de la Biblioteca de Adriano.

-Lamento mucho que tu padre fuera asesinado. Y al parecer a sangre fría-dijo. El agente era compasivo y a veces movía la cabeza con incredulidad ante la matanza que asolaba a mi patria.

-Sabemos que tu padre era un hombre bueno

y que al Ramadi lo ejecutó simplemente porque sus creencias eran distintas-siguió hablando.

El agente era bueno. Utilizó las palabras adecuadas: "bueno" y "asesinado a sangre fría" para referirse a mi padre; "ejecutado " para referirse al acto de al Ramadi.

Durante la conversación cambió de tema.

-Aparentemente-dijo-el asesinato de tu padre no fue suficiente. También perdiste a tu madre.

Mi mente comenzó a dar vueltas. ¿Qué sabía él sobre mi madre? Quise que me lo contara, pero él aguardó, mirándome fijamente.

Meses más tarde me di cuenta de que el agente me estuvo analizando durante aquella entrevista. Podía recordar la conversación perfectamente, y cuando repito su mensaje ahora, sé que él me estaba dirigiendo sin pretensiones atrevidas.

-Al Ramadi ha asesinado a mucha gente-continuó. Sin decir claramente que al Ramadi había matado a mamá, me hizo creer que ella también había sido asesinada. En ese momento no importó si había sido al Ramadi; me hervía la sangre.

Yo tenía veintidós años en ese instante. Mi inocencia fue robada cuando yo solo tenía diez años, pero llevó más tiempo destruir por completo las esperanzas e ilusiones prometedoras de una niña arrancada de una zona hostil.

Incluso habiendo sido mimada en la paz y la seguridad de Atenas me ardía la piel cuando pensaba en la violación y los estragos que asolaban a mi patria, todo ello en nombre de Alá. Al Ramadi y otros como él estaban destruyendo mi país.

-¿Qué tengo que hacer?-le pregunté al agente de la CIA.

17 DE MAYO DE 2007

Me temblaban las manos mientras leía las palabras de Gaia y profundizaba en la persona cuya alma ya creía conocer. Era una niña de la guerra, marcada para siempre por las ejecuciones públicas (lo peor de todo fue ver a su propio padre abatido a tiros ante sus ojos). Era una huérfana de la guerra, arrancada de los brazos de sus padres en un intento de salvarla de la misma suerte; también fue un intento en vano de borrar los recuerdos de las barbaridades que había vivido para ver.

Gaia, o Karimi, era una mujer joven con derramamiento de sangre y asesinatos en su propio ser; una mujer que podía sobreponerse a la destrucción de su sociedad pero que nunca podría volver a unir los trozos de la cultura que amaba.

Y sin embargo Gaia también era una mujer cálida y cariñosa cuya sonrisa podía iluminar la habitación y cuyo amor podía rescatar a mi corazón solitario. Ella pudo lograr que yo, un hombre cuya infancia fue segura en Estados Unidos, regresara de mi experiencia provisional con la guerra en Afganistán y volviese de forma mental y emocional al mundo seguro que conocí cuando era joven.

Mi niñez estuvo libre de amenazas y guerra, mientras que mi edad adulta sí estuvo inmersa en un conflicto bélico. La experiencia de Gaia fue exactamente la contraria. Creció con la guerra pero maduró con la paz.

¿Estamos inevitablemente lastrados por las experiencias de nuestra infancia? ¿Son nuestras vivencias como adultos únicamente un barniz reluciente sobre las experiencias más personales y duraderas que están grabadas en nuestra juventud?

Mis ojos se llenaron de lágrimas y levanté la carta para leerla de nuevo. Primero tuve que secarme los ojos con la esquina de la sábana, pero me dispuse a leer la carta de Gaia una vez más.

CARTA DE GAIA –12 DE FEBRERO DE 2007 (CONTINUACIÓN)

El agente se inclinó sobre la mesa, apoyó los codos en esta y me habló en voz baja.

-No queremos que te involucres en esta guerra, Gaia. Solo queremos atrapar a Abdul Amir al Ramadi y evitar que destruya tu ciudad y asesine a la gente de allí.

-Eso es lo que quiero-respondí. Me estaban dirigiendo por un camino y el agente básicamente estaba planeando cuáles serían mis respuestas. Era bueno en lo suyo.

-Sabemos que cuando naciste tus padres te pusieron el nombre de Gaia Kostopolous porque tenían miedo de que al Ramadi te relacionara con tu padre y te encontrase. Lo hemos comprobado cuidadosamente. Nos gustaría que adoptases otra identidad, la de Karimi Istafan, y que regresaras a Kabul. Estamos seguros de que asumir esta identidad no levantaría ninguna sospecha entre al Ramadi y sus seguidores. No has estado en Kabul desde hace más de diez años, ¿verdad?

Asentí. Fueron casi doce años. Él ya sabía la respuesta a su pregunta.

-Entonces al Ramadi tampoco te reconocerá por tu aspecto.

Yo solamente asentí; ambos sabíamos la respuesta.

El agente me dijo que esperaba que yo les ayudase con lo que estaban haciendo.

-¿De qué se trata exactamente?-le pregunté. Necesitaba más detalles. Me estaba sintiendo incómoda y quería saber cuál era su plan, en qué consistiría mi ayuda y los riesgos que correría.

Hablamos durante mucho rato. Me tomé otra taza de café pero él solo estuvo allí sentado, fumando cigarillos griegos.

Este dijo que quería que yo me hiciera un hueco en el círculo íntimo de al Ramadi. Yo sabía que aquello era una locura y muy peligroso y se lo dije.

-Sí, lo entiendo, esto sería muy arriesgado para cualquier persona de tu familia-dijo.

El hecho de referirse a mi "familia" en lugar

de decir que aquello sería arriesgado para mí, me trajo a la memoria imágenes de mi padre y mi madre. Me recordó el aspecto más claro de esta lucha; aquello que había perdido, no solo las cosas que arriesgaría.

-Pero también son necesarias algunas cosas si queremos acabar con este reinado perverso-el agente me miró atentamente al decir esto, analizándome sin esperar una respuesta positiva.

Terminamos nuestro debate poco después y le dije que tendría que meditarlo.

-Si, por supuesto. Lo entiendo-dijo.

Se levantó e irguió la espalda acercándose a la mesa. Yo también me levanté, le estreché la mano y le dije que volvería a llamarle, aunque en esos breves segundos llegué a la conclusión de que asumiría el riesgo. El agente me había orientado con cuidado y de manera muy eficaz.

Para cuando salimos de la cafetería el sentimiento de venganza ya me había poseído.

MI DIARIO –18 DE JULIO DE 2004

Estoy sentado en el borde de mi cama, en mi habitación, totalmente confundido sobre lo de hoy y sobre qué hacer con el resto de mi vida.

Esta mañana me desperté en la cama de Gaia (el olor de su cabello aún está en mi mente). Le besé la frente y mientras se levantaba para darse una ducha, me vestí para regresar a mi habitación y ducharme yo también.

Estaba tarareando la melodía que Gaia cantaba tan a menudo y sonreía mientras pensaba en ella. Me sequé, saqué la maquinilla y la crema de afeitar y continué con mi rutina normal de arreglarme para comenzar el día. En diez minutos salí del baño y me puse algo de ropa. Decidimos dar un largo paseo por la sierra de Positano, así que elegí una camisa de manga corta y pantalones largos por si nos salíamos del camino y paseábamos entre los árboles.

Me cepillé el cabello, mire cómo estaba frente al espejo, sonreí y salí al pasillo.

Cuando llegué a la habitación de Gaia no llamé. Ella había dejado la puerta abierta, así que empujé y entré.

Esperaba que ella estuviese lista, duchada y vestida para irnos. Para entonces el sol brillaba a través de los postigos abiertos mientras una brisa de aire fresco mañanero se deslizaba entre las puertas francesas entreabiertas que daban a su balcón.

Pero ella no se encontraba en la cama, así que fui al baño a buscarla. No se escuchaba el ruido del agua, de modo que pensé que ella podría estar ocupándose de cuestiones más íntimas. En lugar de abrir la puerta y avergonzarla, escuché con atención cualquier sonido. Al no oír nada, llamé a la puerta. Sin obtener respuesta alguna, giré el pomo y entré.

El cuarto de baño estaba algo desordenado, como siempre (los alrededores de Gaia siempre parecían reflejar la relación distraída que esta mantenía con la vida), pero no había rastro de ella. Había una toalla en el suelo y un bote de maquillaje gastado en el lavabo; ahí fue cuando me di cuenta de todo.

La puerta del armario situado junto al lavabo estaba entreabierta. Al abrirlo del todo pude ver que este estaba vacío, salvo por los diversos artículos de higiene personal que la camarera de piso puso en la habitación. No había nada que pudiera asociar con Gaia. No había revisado su lista de efectos personales, así que no sabía qué debía encontrar, pero definitivamente no había objetos que fueran solo suyos.

Me di la vuelta y crucé la puerta en dirección a la zona del dormitorio. Una brisa repentina abrió la puerta y sacudió mi cabeza; después desapareció. Abrí la puerta del armario y no vi nada en él, ni ropa, ni maleta; solo perchas vacías esparcidas descuidadamente por la barra colgante y el fondo del armario.

Mi primera reacción fue pensar que estaba en alguna clase de deformación del tiempo. Incluso me pregunté durante un instante si había imaginado todo aquello, pero eso no podía ser. El cuerpo de Gaia, el olor de su pelo, su sonrisa, sus ojos...todo...eran demasiado reales para mí. Aún podía evocar la sensación que me produjeron sus labios contra los míos solo una hora antes.

Había una nota apoyada contra la lámpara de la mesita de noche. Esta rezaba lo siguiente:

"Danny, te quiero pero ahora debo irme. Espero que lo entiendas".

"Volveremos a estar juntos si aún me quieres".

"Con amor, Gaia"

CARTA DE GAIA –12 DE FEBRERO DE 2007 (CONTINUACIÓN)

Acepté la misión que me propuso el agente. No había papeles que firmar, ni solicitud de empleo ni comprobación de antecedentes. Él (o mejor dicho "ellos", pues la CIA estaba detrás de esto) ya lo sabía todo sobre mí. Además no fue necesario confiar en los informantes anónimos (me había convertido en uno de ellos). Estos se mantenían en su lugar y en su rol porque sería incluso más peligroso dejarlo.

Pronto regresé a Kabul con instrucciones para averiguar más cosas sobre al Ramadi. Se suponía que tenía que hacer aquello por casualidad, no investigarle sino mostrar interés en su trabajo y en su plan contra los invasores occidentales, como él los llamaba. Me dijeron que fuese fiel al islam y que mostrase al menos una desconfianza moderada hacia los norteamericanos. Con estos rasgos iba a ser conocida como una nueva persona, Karimi Istafan, una posible recluta en la guerra contra Occidente.

Seguí las instrucciones recibidas muy bien. Encontré formas de comunicar a mi contacto mis avances y cualquier información que descubriese. No se trataba del agente que me captó en Atenas. Cuando regresé a Kabul recibí información nueva y me asignaron una nueva persona con la que comunicarme. Este se reunió conmigo una sola vez cuando regresé a la ciudad. Me brindó un número de teléfono y un lugar para ocultar cualquier cosa, como material escrito, donde él pudiese encontrarlo. Dijo que también dejaría información en aquel escondite; a veces dejaba nuevos números de teléfono para que yo llamase, para seguir cambiando el sistema de contacto.

En dos ocasiones que revisé nuestro escondite encontré teléfonos móviles nuevos e instrucciones para destruir el teléfono que estaba usando, borrar la tarjeta SIM y eliminar cualquier rastro que indicara que había sido utilizado por mí.

Debía tener paciencia, darme a conocer en Kabul como Karimi y construir una vida allí para que no sospechasen de mí. Después de unos diez meses vi a al Ramadi en una cafetería. Estaba rodeado de sus hombres y se reían de algunos aldeanos de fuera de la ciudad a los que habían ejecutado durante esa mañana. Cuando escuché su conversación, recordé haber visto cadáveres colgados de las ramas de los árboles, y las ramas inferiores chamuscadas y humeando todavía debido a la antorcha que había prendido fuego sobre la ropa de aquellas personas.

Al Ramadi me miró cuando entré en la cafetería. Yo llevaba puesto un nicab que cubría mi rostro y dejaba mis ojos al aire. Al principio este me miró con dureza, pero suavizó su mirada después. Por sus labios hacia arriba y su mirada lasciva me di cuenta de que él estaba teniendo pensamientos obscenos.

Mi piel se erizó al verlo. La única vez que yo tuve pensamientos de esa clase fue contigo, y tener a este monstruo imaginando lo impensable sobre mí hizo que mi rostro enrojeciera y mis ojos se humedeciesen.

Me preocupó que esta reacción pudiese delatarme aunque él solamente se rio. Creo que estaba orgulloso de poder obtener una reacción mía.

Dos meses después de aquello vino un hombre a mi casa y me dijo que fuese con él. Al Ramadi quería verme.

Me marché con ese hombre siendo consciente de que este era el siguiente paso según el plan de la CIA.

Esperaba que mi persona de contacto norteamericana estuviese vigilando. También esperaba que me protegiese durante la operación.

Caminé detrás del hombre como manda la tradición de las mujeres en esta cultura y entramos en una pequeña casa de piedra cercana a la zona del mercado. Había niños en la calle, pero no jugaban con la despreocupación que recuerdo de mi infancia en Atenas. Al pasar por la entrada y luego por una pequeña antesala, vi a Abdul Amir al Ramadi sentado en un sofá largo y bajo mientras bebía té caliente y hablaba con varios hombres.

-Eres una musulmana devota, ¿no?-dijo.

-Sí, lo soy-respondí obedientemente bajando la cabeza según la costumbre que rige el hecho de que una mujer hable con un hombre.

No me dijo nada más pero hizo una señal para que viniera unas de las mujeres. Esta llevaba puesto un burka que ocultaba todo su rostro, así que no podía saber mucho sobre ella. Me llevó hasta otra habitación. Pensé que lo hacía para vestirme igual que ella, pero solamente habló de leer el Corán. Todavía me estaba acostumbrando a ver las cosas a través de la estrecha rendija del nicab, pero me las arreglé.

Esta era otra habilidad que había desarrollado desde que regresé a Kabul. Aunque mis padres me educaron para respetar tanto la cultura islámica como la griega, tardé en aprender a leer el idioma árabe cuando era una niña. Cuando volví a Kabul para esta misión el agente me dijo que aprendiese esto meticulosamente, ya que un fallo en la capacidad de leer el texto sagrado se notaría.

Lo hicimos durante algún tiempo, y noté que la mujer prestaba mucha atención a mi pronunciación. Después, pensando en aquella tarde, me di cuenta de que este ejercicio de lectura fue la prueba que me permitió entrar en el ejército de al Ramadi.

Eso fue todo. Me sacaron de allí por una puerta trasera y me dijeron que regresara a mi casa y esperase. Dejé un breve informe escrito sobre el encuentro en el escondite del agente de la CIA. Al día siguiente él dejó otro teléfono nuevo y me dijo que destruyese el que tenía. Yo sabía que sintió que tenía una nueva oportunidad y que deseaba romper cualquier hilo que pudiera conectarme con él.

También me dio indicaciones sobre qué hacer para averiguar los planes de al Ramadi.

Pero yo tenía mi propio plan.

DIARIO DE GAIA – 18 DE JULIO DE 2004, POR LA MAÑANA

No tengo mucho tiempo. Estás en la ducha y tengo que actuar rápido.

Desearía poder decirte lo que estoy haciendo, pero eso no sería lo correcto. También te aterrorizaría y podría hacer que me arrepintiese de mis planes. No puedo dejar que eso suceda.

Esto es demasiado horrible.

17 DE MAYO DE 2007

No tengo ni idea de lo que sucedió aquella mañana. Pasé horas buscando a Gaia. Piero no la vio marcharse, ni tampoco Umberto. Yo no me había ido tanto tiempo, por lo que ella no podía haber huido de Positano tan rápido.

Salí y pregunté a la gente que pasaba por ahí.

-¿Ha visto un taxi por aquí durante los últimos minutos? ¿Ha visto salir a una mujer con el pelo castaño y largo?

Nadie la había visto; nadie podía ayudarme.

Entrando en pánico, regresé corriendo al hotel y fui directamente hasta su habitación. La ropa de cama, el baño y los accesorios estaban allí, tal como los había visto antes. No sabía lo que esperaba encontrar en mi habitación cuando regresara, pero sí sabía que estaba perdido.

Era impensable que ella pudiese desaparecer en aquel momento. ¿Qué había sucedido?

De forma instintiva, en seguida me culpé por aquello. Primero por decir algo estúpido o tonto, o algo que estuviese tan fuera de lugar que le hubiese hecho huir. Después me culpé por no ver lo que probablemente era obvio; que Gaia nunca tuvo tal interés en mí y que tuvo que escabullirse para no admitirlo.

Mientras revisaba las distintas posibilidades, de repente me vino a la cabeza la única que nunca parecía ser cierta: quizá Gaia estaba casada ya y se encontraba en Positano para vivir una aventura amorosa, pero tras darse cuenta de que se había metido en algo demasiado intenso, simplemente huyó de la situación.

Ninguna de aquellas probabilidades pasó la prueba de mis preguntas. Cada vez que recordaba sus comentarios y su aspecto, cada posibilidad razonada parecía menos verosímil.

Volví a leer la nota:

"Danny, te quiero pero ahora debo irme. Espero que lo entiendas".

"Volveremos a estar juntos si aún me quieres".

"Con amor, Gaia"

¿Cuándo volveríamos a estar juntos? Me hundí en el montón de sábanas de su cama y lloré hasta que mi pecho suspiró y mis ojos ardieron.

CARTA DE GAIA – 12 DE FEBRERO DE 2007 (CONTINUACIÓN)

Con el tiempo, unos meses tal vez, me convertí en un miembro habitual del círculo íntimo de al Ramadi. Su ejército había asesinado a decenas de civiles, musulmanes como él y como yo, y también a un puñado de norteamericanos. Él decía que todos los musulmanes iban al cielo y todos los norteamericanos iban al infierno, por lo que el intercambio de vidas valía la pena.

El contacto de la CIA quiso que informara de todo aquello y que advirtiese a los norteamericanos de un posible ataque suicida y así lo hice. Pero también seguiría adelante con mi plan para asesinar a al Ramadi. Yo sabía que sus hombres jamás me dejarían acercarme a este con un arma en mis manos, pero tenía que intentarlo.

Un día, al Ramadi me dijo que me acercase para poder hablar conmigo.

-Nuestras mujeres pueden combatir en las mismas luchas que los hombres, ¿sabes?-dijo.

Eso era un poco raro, porque en el islam los hombres son los combatientes. Aunque también sabía que algunas mujeres musulmanas se habían unido a la resistencia armada.

-¿Pelearías en esta batalla junto a nosotros, Karimi?

Asentí con la cabeza. Al Ramadi sonrió cálidamente y llamó a uno de sus hombres para que me sacara de allí.

Es cierto que las mujeres luchaban, aunque rara vez empleaban fusiles contra los norteamericanos. Sin embargo estas eran reclutadas para actuar como terroristas suicidas.

17 DE MAYO DE 2007

Contemplé la carta entre lágrimas y la dejé caer sobre el colchón. Me senté paralizado en el borde de la cama. No podía creer lo que estaba leyendo. Esto parecía haberlo escrito una mujer que no conocía, y no Gaia.

Se había asociado con un conocido asesino y fue reclutada para actuar como terrorista suicida.

Levanté la carta y continué leyendo.

CARTA DE GAIA – 12 DE FEBRERO DE 2007 (CONTINUACIÓN)

Yo sabía que jamás podría acercarme a al Ramadi con un arma en mis manos, y que si lo hacía y fracasaba en mi intento de asesinato, me matarían en su lugar.

Sabía que a al Ramadi le gustaba tener un encuentro a solas con los terroristas suicidas antes de que estos se marcharan a cumplir su misión. Este tenía por costumbre arrodillarse para rezar junto a la persona que se marchaba y desearle lo mejor para ese día y durante su vida más allá de la muerte. Si aceptaba ejercer como terrorista suicida, él me llevaría hasta su habitación y no habría nadie más allí. Solo estaríamos al Ramadi y yo. Y tendría una oportunidad para conseguir mi objetivo.

Dicha invitación no se producía hasta que el terrorista estuviese totalmente comprometido con la acción. El chaleco se colocaría y se ataría alrededor del pecho de la persona en cuestión, aunque el detonador no sería puesto hasta después del rezo, justo antes de que el atacante se marchase para cumplir su misión. Conocía toda esta información porque había estado estudiando el comportamiento y las estrategias de al Ramadi durante semanas.

También conocía al hombre que colocaba el detonador, cómo lo hacía y qué dispositivo utilizaba.

No podía contarle a mi contacto de la CIA lo que estaba planeando; me sacaría de la ciudad para impedir que llevase a cabo mi propia venganza.

Quiero que sepas lo mucho que te quiero, Danny. Eso nunca cambiará. Y si los dioses quieren volveré pronto a tus brazos. *Inshallah.*

Con amor, Gaia

Me fue imposible entender lo que ella contaba en su carta. No solo no quería afrontar el hecho de que Gaia estaba sopesando el riesgo de llevar un cinturón explosivo alrededor de su pecho; tampoco podía entender por qué recurría a los dioses para que nos volviesen a unir. ¿Había sellado su destino o era otro movimiento para despistar?

Aquel fue el final de su carta, la última de la caja.

---

18 DE MAYO DE 2007

Anoche no pude dormir nada y sabía que eso ocurriría. La historia que Gaia relataba en sus cartas y en su diario me dejó sin esperanzas. Mi amada, a quien le había prometido mi amor eterno, se encontraba en una situación peligrosa para realizar un acto de venganza.

No puedo vivir sin ella, pero tras intentarlo durante tres años no he podido encontrarla. Ahora que me deja una cápsula del tiempo, de los momentos que pasamos juntos, me siento más cerca, y a la vez, más lejos de ella.

El sol brilla con claridad a través de la puerta de mi habitación mientras reuno mis cosas para hacer la maleta. Siento que he agotado todos los recursos para encontrar a Gaia y ahora tengo que esperar hasta que ella me encuentre.

Al pensar de nuevo en lo que Piero dijo ayer, tuve que aceptar que aquello era cierto. Gaia quiere encontrarme aquí y no en el Departamento de Estado, pero no puedo mudarme a Positano.

Aunque empecé a pensar, ¿por qué no? Mi periodo en Afganistán había acabado. Quizá debería dejar mi trabajo y trasladarme aquí de forma permanente. Podía quedarme aquí todo el año y esperar hasta que Gaia regresara.

Terminé de hacer las maletas y las llevé hasta el pasillo, donde Piero y Umberto se encontraban hablando. Al verme, miraron hacia arriba, y sin sonreír, esperaron a que me acercase.

-Vuelves a Afganistán, Danny-dijo Piero.

-No, mi periodo allí ha terminado. Me voy a Estados Unidos. Aún no tengo una misión concreta, pero no será Afganistán.

-Quizá sea Positano-expresó Umberto sin mucha convicción.

Esas palabras me sacaron una sonrisa desvaída.

-Probablemente no-respondí.

-¿Y qué harás ahora, Danny?-preguntó Piero.

Me encogí de hombros.

-Iré a Estados Unidos, esperaré a que me asignen una misión y luego volveré a empezar.

-¿Y Gaia?-volvió a preguntar Piero.

Aquella fue una pregunta valiente. Él sabía que pronunciar el nombre de Gaia sería doloroso para mí, pero Piero ya me conocía bien y quiso saber cómo estaba.

-Seguiré buscándola, aunque probablemente tenga que esperar a que ella se ponga en contacto conmigo. ¿Me prometes que me ayudarás con ese asunto? Si Gaia vuelve aquí, por favor, por favor, por favor, consigue que me llame. O dame una dirección con la que pueda localizarla. Cualquier cosa-rogué.

Piero solamente asintió con la cabeza. No pudo decir mucho más.

DIARIO DE MIKE – 3 DE AGOSTO DE 2003

Es hora de irse, pero es difícil convencer a una niña de once años de la necesidad de cumplir los horarios. Serena se empeñó en darse un chapuzón más en el Mediterráneo. Escribo estas últimas líneas antes de volver al hotel para recuperar nuestras maletas.

Le encanta la playa de guijarros, el sol radiante y las aguas azules. Kat y yo nos relajamos en la playa mientras observamos a nuestra pequeña en el agua. ¡Vaya día! ¡Qué lugar!

DIARIO DE GAIA – 18 DE JULIO DE 2004, ÚLTIMA ENTRADA

Debo darme prisa. Sé que entrarás por la puerta en cualquier momento y no puedo dejar que me encuentres aquí. Si te vuelvo a ver frente a mí nunca sería capaz de seguir con mi plan.

Lo entenderás, Danny. Te lo prometo. Te quiero.

DIARIO DE MIKE – 3 DE AGOSTO DE 2003

Serena ya sabe de qué nos enamoramos Kat y yo; Positano es como el cielo. Es el lugar donde el amor y la vida son lo primero, donde Katherine y yo sellamos nuestro pacto matrimonial y donde nos unimos en un vínculo para toda la vida.

Puede sonar exagerado, pero al sentarme en el vestíbulo de Casa Albertina mientras las chicas terminan de hacer las maletas, me retraje a los primeros días que pasé aquí con Kat en 1988 y también a los pocos días que estuvimos aquí juntos ella, Serena y yo este verano. Es un lugar mágico.

26 DE MAYO DE 2007–
WASHINGTON, D.C.

Regresé a mi antigua oficina en Washington D.C. Ahora parece muy distinta, pese a que ya llevo aquí una semana. En ocasiones hacía visitas a la oficina de Washington durante mi periodo de cuatro años en Afganistán, pero ahora que estoy sentado detrás de mi vieja mesa y ordenando los archivos siento que nunca me fui y que este ya no es mi lugar.

Gaia todavía ocupaba mis pensamientos. Presioné a Piero para que la vigilase, lo cual sonaba estúpido al recordarlo. Si Gaia viene a Positano sería para encontrarme (eso espero) y seguramente irá a Casa Albertina. Pero no podía salir del hotel sin recordarle a Piero lo mucho que necesitaba encontrarla.

-*Sí, sí.* Lo sé, Danny. Te llamaré en cuanto la vea.

-Y no dejes que se vaya. Como si tienes que retenerla contra su voluntad.

Como si alguien pudiera retener a Gaia contra su voluntad.

Llega el correo diario y lo ordeno por contenidos. Este no es como el que recibo en casa, lleno de anuncios no solicitados y promesas de crédito rápido. Este correo es casi todo información clasificada, con un aviso ocasional no clasificado pero oficial doblado en el montón.

Ordené los paquetes en montones. Es una costumbre que adquirí con los años. Hay tanto para leer que tengo que separarlos en montones llamados "ahora", "después" y "quizá". También hay que lidiar con el correo electrónico, pero incluso usando un servidor clasificado nos comunicamos generalmente en formato papel para esta clase de información.

De pronto veo mi nombre, Danny d'Amato, en un sobre de color crema que cruje. La "y" tiene un remolino familiar y el corazón me da un vuelco. Incluso sin una dirección de remitente, sé que es de Gaia. Sabe dónde estoy, probablemente siempre lo supo, pero esta es la primera vez que intenta comunicarse conmigo fuera de Positano.

Tiene fecha del 12 de abril. Hace apenas seis semanas.

MI DIARIO –18 DE MAYO DE 2007

Estoy sentado en mi habitación esperando a que llegue el taxi para llevarme a Sorrento y después al aeropuerto de Roma. Los minutos pasan muy lentamente.

Siento como si mi vida hubiese llegado a su fin. He buscado a Gaia durante tres años hasta por fin tener noticias sobre ella. Pero por su diario y sus cartas todavía no sé qué hacer, dónde encontrarla o incluso si quiere que la encuentren.

Sé que ella estaba en Kabul en febrero, hace solo tres meses. Me parece demasiado triste haber estado en el mismo país que Gaia durante tanto tiempo sin saberlo. Haberla estado buscando en Positano, al igual que hacía ella conmigo, cuando a la vez habitamos el mismo pequeño lugar en el mundo durante tres años.

Pero ella también lo sabía. Sabía que yo estaba destinado en Afganistán y también que ella estaba allí. ¿Alguna vez intentó encontrarme mientras ambos estábamos en Kabul?

En una ocasión, cuando regresaba a la ciudad con el mismo camión sucio que nos cedían a todos en la central, observé, a un lado de la carretera, a algunos niños que estaban dando patadas a algo, hasta que me di cuenta de que era la cabeza cortada de algún animal. Estos simulaban el deporte afgano del buzkashi, en el cual dos equipos de jinetes luchan por el cuerpo de una cabra muerta.

Cuando pasaba entre la muchedumbre en la calle, un pequeño grupo de mujeres vestidas de los pies a la cabeza se encontraba detenido en un lado. La mujeres rara vez prestaban atención a un hombre en la calle, sobre todo si este era norteamericano. Pero advertí que una mujer se atrevió a echar un vistazo fugaz hacia donde estaba yo. En aquel momento eso no significó nada para mí. Ahora, sabiendo que Gaia vivió en Kabul durante aquella época, lo recordé y me pregunté si era ella.

Cosas como estas son las que atormentan a un alma perdida.

CARTA DE GAIA - 12 DE ABRIL DE 2007

Mi querido Danny:

Siento mucho, mi amor, que tenga que escribirte esta carta. Tú ya conocías cosas sobre mi madre y mi padre, y sobre que la CIA me hubiese reclutado para averiguar más información sobre Abdul Amir al Ramadi. Así que no te hablaré de eso aquí.

Pero tienes que saber cuánto quería a mis padres y cómo al Ramadi los asesinó. Bueno, sé que asesinó a mi padre, que fue tiroteado a sangre fría. Solo temo que la peor parte se la llevara mi madre.

Mi padre no merecía morir, pero sí merece *qiṣāṣ*.

Conocía aquella palabra, qiṣāṣ. Hace referencia a la ley sharia y para los occidentales significa "ojo por ojo". Venganza.

Según la ley sharia, *qiṣāṣ* me concede el derecho, no, la obligación, de quitarle la vida a al Ramadi. He encontrado una forma de hacerlo y espero que me perdones por mi ausencia, por mi falta de contacto directo contigo y por lo que estoy a punto de hacer.

No soy una asesina, pero tengo que vengar la muerte de mi padre.

El tiempo que pasamos juntos en Positano conformó los mejores días de mi vida. Tú despertaste en mí un espíritu que nunca había imaginado. Desde mi más tierna infancia en la guerra hasta la muerte de mis padres, y hasta que de repente fui desterrada de mi hogar en Kabul, había sufrido mucho dolor y pérdida. Pero tú fuiste como un ángel que llegó a mí desde el cielo. Tu sonrisa y tus amables palabras (oh, sí, me reí mucho de tus comentarios absurdos) me enseñaron lo maravillosa que puede ser una vida en paz.

Pero soy una niña de la guerra y algunas vivencias jamás se pueden borrar del alma. El olor de la muerte y el derramamiento de sangre son parte de mi ser, y con todo lo bueno que hiciste por mí, cuando regresé a Kabul me di cuenta de que esta matanza había cambiado para siempre a la persona que podría haber sido.

Te quiero, Danny. Siempre te querré. Espero que me perdones. Por favor, perdóname.

Gaia

3 DE JUNIO DE 2007 – WASHINGTON, D.C.

Mi interés por Abdul Amir al Ramadi aumentó cuando regresé a mi oficina en Washington D.C. Desde que supe que Gaia estaba en Kabul y en el círculo de combatientes de al Ramadi, leí todo lo que pude sobre él. Aún no era más que un contendiente pequeño, aunque sus actividades habían captado la suficiente atención de la CIA como para querer seguirle en la pantalla de su radar.

Incluso pude ver videos de algunos de sus movimientos. Memoricé su rostro tras horas de visionado, en ocasiones de noche, cuando la mayor parte del Departamento de Estado estaba oscuro y en silencio. Examiné las diversas casas de al Ramadi, todas ellas utilizadas como escondites. Era habitual que un hombre de su posición se mudase por varias residencias, trasladara sus reuniones de la ciudad al campo, y en general, crease confusión sobre su paradero.

Al Ramadi tenía pocos motivos para temer que le asesinaran; era un contendiente demasiado pequeño en la guerra para que la CIA quisiera neutralizarlo. Pero su ego era más grande que su reputación e imitaba las acciones de los terroristas más imponentes como parte de su estilo de vida, para convencer a su séquito de que era más importante de lo que realmente era.

También analicé la cinta para saber quiénes eran las otras personas que le rodeaban. Los hombres eran en su mayoría jóvenes y con barba; solo unos pocos hombres mayores formaban parte del ejército de al Ramadi. Había varias mujeres; a juzgar por un collage de los videos, conté unas siete en total. Era básicamente imposible distinguir a una mujer de otra. Vestidas con túnicas y nicab, solo se veían sus ojos desde la posición lejana de las cámaras, sin nada que resaltara a una mujer sobre otra.

Volví a ver los videos centrándome en aquellos en los que aparecían mujeres en grupo. Pensé que aquello me daría la oportunidad de compararlas según su tipo de cuerpo, altura, peso total, la forma en que llevaban los hombros...

Cuando intenté imaginar cómo serían bajo las túnicas, recordé el cuerpo de Gaia desnudo junto a mí y un escalofrío me invadió.

Ella estaba en ese grupo. Según sus cartas se encontraba entre esa muchedumbre. ¿Cómo podía llegar hasta ella?

Traté incluso de identificar a su contacto en Kabul, su entrenador de la CIA. Pero el contacto del D.C. para el jefe de la central de Kabul me dio una reprimenda. No estaba autorizado a acceder a esa información y ella, el contacto, dijo que no podía contarme quién estuvo trabajando con esta mujer, Karimi Istafan. Aquello infringiría el protocolo y colateralmente pondría en peligro su vida al delatarla frente a al Ramadi.

Llegó otro montón de correo y mientras salía de mi cubículo el secretario dijo que había algunas novedades que me interesarían.

-Pasas muchas horas investigando a al Ramadi, ¿verdad?-preguntó.

Asentí con la cabeza.

-Bueno, quizá quieras ver el video que subimos esta mañana.

Corrí hasta la sala de proyecciones y recordé los videos que había visto por la mañana. Había docenas de ellos relacionados con actividades de toda la región, algunas de Kabul en concreto, pero me llevó más de una hora encontrar el video que estaba buscando.

Este comenzaba con una imagen fija de Abdul Amir al Ramadi. Una imagen en primer plano tomada desde un ángulo sobre él (evidentemente tomada desde una azotea), pero sabía que era él. Su barba con algunas canas y su pelo largo y enmarañado lo delataban. Incluso sin eso, le habría reconocido por la espada que siempre llevaba en la cintura.

La imagen fija se desvaneció y comenzó un video. Este estaba grabado algo más lejos, probablemente desde un dron. Mostraba a la gente dando vueltas en una intersección bombardeada de Kabul. Al Ramadi se encontraba en medio de la muchedumbre, rodeado de tres hombres y una mujer con nicab.

De repente, un destello intenso inundó la pantalla y el humo oscureció la imagen durante unos segundos. Cuando se despejó, aparecieron cuerpos esparcidos por la plaza y también algunas personas que sobrevivieron a la bomba aunque resultaron gravemente heridas, y que se arrastraban hacia los márgenes de la zona de la explosión, lejos de lo que acababa de detonar.

El video fue sustituido por una pantalla en negro y una narración de los hechos:

Durante las primeras horas de la mañana del 3 de junio de 2007, en Kabul, el chaleco de un terrorista suicida estalló cerca de Abdul Amir al Ramadi. Es posible que la explosión no fuese provocada, pero asesinó a al Ramadi y a otras tres personas de su grupo, incluido el terrorista suicida.

El jefe de la central ha confirmado la muerte de Abdul Amir al Ramadi mediante diversas fuentes. La identidad del atacante suicida aún no está confirmada; sin embargo, se cree que se trata de la persona que aparece aquí.

La imagen se fundió a negro y después apareció en pantalla un primer plano de una mujer vestida con un nicab. La imagen no pudo haber sido tomada furtivamente; estaba demasiado cerca. Únicamente sus ojos eran visibles a través de la ranura de la túnica. Y estos me devolvieron la mirada.

Sus ojos eran marrones, pero tenían pequeñas manchas verdes que brillaban en el fondo del iris.

DIEZ AÑOS DESPUÉS – POSITANO

Me encuentro aquí sentado en la playa de Positano otra vez. Han pasado muchos años y sin embargo todavía me siento misteriosamente atraído por este lugar. Aún no me registré en Casa Albertina; lo haré más tarde. Primero necesitaba sentarme en la playa, contemplar el mar Mediterráneo y pensar en Gaia y en los días que pasé aquí con ella.

De pronto apareció Piero a mi lado.

-¡Danny! No sabía que vendrías. ¿No te quedarás en Casa Albertina?

-Sí, tengo una reserva. ¿Umberto no te lo dijo?

-No-dijo con una risita-Tendré que hablar con él sobre eso.

Nos miramos durante un momento incómodo sin saber qué decir después. Piero rompió el silencio.

-Gaia no regresó, Danny. Te lo hubiera contado. Me crees, ¿no?

Asentí, pero no me atreví a contarle a Piero todo lo que sabía sobre Gaia. Se había marchado, asesinada por su propio plan, y no había ninguna razón para agobiarle con esta noticia.

Un instante después, mis dos hijos llegaron corriendo desde la orilla sorprendiendo a Piero.

-¿Qué?¿Quiénes son estos preciosos niños?-preguntó con una gran sonrisa.

-Son mis hijos. Son guapos, ¿verdad?

Piero frunció el ceño mientras buscaba las palabras adecuadas.

-No-dije para despejar sus dudas-No son hijos de Gaia. Ya lo sabrías, ¿verdad, amigo?

Piero asintió, aunque parecía algo más relajado, probablemente porque sintió que mi vida había tomado un buen rumbo.

-¿Y tu esposa?-preguntó.

Durante un segundo bajé la mirada y examiné mis manos.

-Mi matrimonio no funcionó-respondí. Fue difícil reconocerlo, pero supe por qué había fracasado. Y creo que Piero también apreció el verdadero motivo.

-Pero tengo estos maravillosos hijos que todavía son míos, y quería que viesen ese bonito lugar-expliqué.

-¿Cómo se llaman?

-Este es Peter. Tiene cuatro años.

-Cuatro y medio-rectificó mi hijo, y yo sonreí.

-Y esta preciosa niña es Tara. Tiene tres años...y medio-dije sin esperar a que me corrigiese.

Piero sonrió, observó a los niños durante un momento y después habló.

-Tara-dijo.

Asentí.

-Tara, o Terra, como dicen los ingleses, es la diosa romana de la tierra, ¿verdad?

Bajé la mirada otra vez y asentí con la cabeza. Piero y yo sabíamos que Gaia era la diosa griega de la tierra.

-Bueno, será mejor que regrese al hotel-dijo Piero para romper el silencio.

-Espera-interrumpí. Metiendo la mano en la mochila, saqué mi diario y el que escribió Gaia y se los entregué a Piero.

-No dejamos estos diarios en el hotel durante todos estos años como sí hacen muchos de tus otros huéspedes. Pero quiero que los tengas. Ahora puedes dejarlos en nuestras

habitaciones si quieres. Ya no los leeré-
expliqué.

Piero recibió los tomos y los miró fijamente.

-Está bien, Danny, pero preferiría no dejarlos
en las dos habitaciones. Si estás de acuerdo, me
gustaría dejar los dos diarios juntos, en la habitación de Gaia-dijo.

Asentí con la cabeza aceptando su idea.

Justo cuando Piero se giraba para marcharse
le pedí una cosa más.

-¿Tienes algún libro en blanco a mano? Creo
que comenzaré una nueva historia.

Piero inclinó la cabeza y sonrió.

-Pero claro que sí, viejo amigo. Por supuesto-
respondió.

DIARIO DE MIKE – 3 DE AGOSTO DE 2003

Las chicas ya están listas y las maletas se encuentran en el vestíbulo.

Estoy muy contento de haber regresado aquí y de que Serena por fin tuviese la oportunidad de conocer Positano.

Tanto si alguna vez regreso a Positano como si nunca más vuelvo, siempre lo recordaré. Es el lugar más romántico del mundo.

"Y así seguimos avanzando, los barcos contra la corriente, llevados incesantemente al pasado".
    - F. Scott Fitzgerald, *El gran Gatsby*

Querido lector,

Esperamos que hayas disfrutado leyendo *Un Amor Perdido En Positano*. Tómese un momento para dejar una reseña, incluso si es breve. Tu opinión es importante para nosotros.

Atentamente,
D.P. Rosano y el equipo de Next Charter

ACERCA DEL AUTOR

Dick Rosano ha escrito sobre vinos, gastronomía y viajes durante muchos años. Sus constantes columnas han aparecido en *The Washington Post, Wine Enthusiast, Country Inns,* la revista *Hemispheres* de United Airlines y otras muchas publicaciones de Estados Unidos. En una carrera como escritor que abarca tres décadas, ha sido el crítico estrella (tanto de forma impresa como personalmente) en todas las regiones del mundo, recopilando sus experiencias hace poco y sumando el cargo de ponente invitado en Viking Cruise Lines a su ya extenso currículum.

Dick tiene un libro de historia publicado, *Wine Heritage: The Story of Italian American Vintners* (con prólogo de Robert Mondavi), que narra la influencia que los italianos e italoamericanos tuvieron en el crecimiento y la evolución de la industria vinícola norteamericana. Sus continuos viajes a Europa, especialmente a Italia, le animaron a utilizar su talento como escritor de viajes y narrador de historias para publicar tres novelas de misterio recientemente: *Tuscan Blood, Cazando trufas y The Secret of Altamura: Nazi Crimes, Italian Treasure.* Todos ellos están ambientados en Italia, cada uno con un nuevo elenco de personajes, y se basan en la cultura, tradiciones y vidas de la gente de la región que representa.

Dick Rosano ha dado conferencias sobre el vino para el Instituto Americano del Vino y la Comida, la Fundación Nacional Italoamericana, y también en el Instituto Smithsoniano, la Universidad Johns Hopkins y en muchos otros congresos de Estados Unidos. Su extenso historial en la oratoria y su larga carrera en temas relacionados con la gastronomía y el vino le llevaron a dar una serie de clases que fueron muy bien recibidas en *L'Academie de Cuisine* de Washington D.C.

Sus viajes le han llevado por las zonas vinícolas de Europa, América del Sur y Estados Unidos. De hecho, además de su carrera como escritor, Dick pasó muchos años dirigiendo un equipo altamente capacitado en la lucha contra el terrorismo nuclear en todo el mundo.